你想活出怎样的人生

〔日〕吉野源三郎 著　〔日〕胁田和 绘
史诗 译

南海出版公司

新经典文化股份有限公司
www.readinglife.com
出 品

你想活出怎样的人生

目 录

前言 /1

第一章　奇妙的经历 /7
　　舅舅的笔记：看待事物的方法 /19

第二章　勇敢的朋友 /23
　　舅舅的笔记：真实的经历 /40

第三章　牛顿的苹果与奶粉 /45
　　舅舅的笔记：人与人之间的联结 /69

第四章　贫穷的朋友 /77
　　舅舅的笔记：生而为人 /98

第五章　拿破仑与四名少年 /109
　　舅舅的笔记：什么样的人是伟大的人？/133

第六章　下雪那一天发生的事 /147

第七章　石阶的回忆 /167

　　舅舅的笔记：人的烦恼、过错与伟大 /188

第八章　凯旋 /193

第九章　水仙的芽与犍陀罗的佛像 /205

第十章　春天的早晨 /223

关于作品 /229

关于《你想活出怎样的人生》的回想　丸山真男 /235

前言

小哥白尼是中学①二年级的学生，真名是本田润一，小哥白尼是昵称。十五岁的他个头看起来比实际年龄小，他对此也相当在意。

　　每学期一开始，体操老师都会让全班学生排好队，摘下帽子，根据身高调整顺序。每当此时，小哥白尼总是悄悄地或者把脚后跟踩在小石头上，或者尽可能伸长脖子，想方设法让自己显得高些以排到前面，却没有一次成功。他和外号"小顽固"的北见总是争夺二、三名，相互间你追我赶。当然，是争夺倒数二、三名。

　　但是，如果从成绩来看，就完全相反了，小哥白尼总是排在第一名或第二名，几乎没有落到第三名以后，当然，这是按

---

① 这里指1947年以前日本面向男子实施教育的旧制中学，学制为5年，大多数中学每学年有3个学期。学生毕业后可进入旧制高等学校、大学、高等师范学校等继续就读。

照分数高低排列的。成绩好不代表小哥白尼是只认分数的书呆子，他对玩耍比别人更有兴趣，还是班级棒球队成员。小小的小哥白尼戴着硕大的手套守着二垒时，那模样实在可爱。毕竟他个子小，不擅长长打，但擅长触击球，因此一直是第二棒击球员。

成绩虽然数一数二，小哥白尼却从未当过班长。倒不是大家不信任他，而是他太调皮了。他曾在道德课上躲着老师用线系上两只甲虫，兴致勃勃地让它们拔河，这样怎么可能当上班长呢？

在和小哥白尼的母亲会面时，老师总是这样说："关于小哥白尼的成绩，我没有任何需要说的，非常优秀，这次又是第一名，只是……"

这个"只是"一出口，小哥白尼的母亲就会想：又来了吗？因为无论什么时候，紧随其后的都是小哥白尼如何调皮、如何让老师头疼的话题。

小哥白尼这么调皮，或许母亲也有责任。每次和老师谈完话，母亲都会对小哥白尼说"又被老师批评了呢"，但态度并不严厉。说实话，她无法因为这类问题严厉批评小哥白尼。因为小哥白尼虽然调皮，却不是要为难他人或给别人造成困扰，只是很天真地想逗人开心。此外还有一个重要的理由，那就是小哥白尼没有父亲。

小哥白尼的父亲曾经在大型银行担任要职，两年前去世了。

从那以后，小哥白尼一家便从市内搬到了郊外小而齐整的房子。佣工也减少了，除了母亲和小哥白尼，就只剩一个老婆婆和一个女佣，一共四人。和父亲在世时不同，上门拜访的人少了许多，家里忽然冷清下来。母亲担心小哥白尼会因此不开心，所以看到他调皮也无法太过严厉地斥责他。

搬到郊外后，住在家附近的舅舅经常来。舅舅是母亲的弟弟，刚从大学毕业没多久，学法律。小哥白尼也常去舅舅家玩耍，两人关系格外亲密。邻居们经常能看到身材高大的舅舅和小个子的小哥白尼并肩散步的身影，两人还会在长满草的空地上玩投接球游戏。

其实小哥白尼这个昵称就是舅舅起的。一个星期天,小哥白尼的同学水谷来家里玩,舅舅正好也在,做什么事都"小哥白尼""小哥白尼"地叫个不停。自那以后,这个名字就在学校传开了。

"本田在家时被叫作'小哥白尼'呢。"水谷到了学校告诉大家,于是大家也开始用这个昵称称呼他了。如今,就连母亲也时不时会叫他"小哥白尼"。

不过,为什么是"小哥白尼"呢?朋友们没有一个知道个中缘由,只是觉得有趣才如此称呼。即使询问当事人,他也只是笑笑,绝对不会做出说明,但是每次听到这样的问题,他脸上都会露出喜悦,于是朋友们就更想一探究竟了。

在这一点上,诸位想必也和小哥白尼的朋友一样好奇,因此就让我们从小哥白尼这个昵称的由来说起吧,然后我再将小哥白尼脑海中的奇思妙想依次向诸位报告。至于为什么要这么做,诸位读着读着就会明白。

第一章

奇妙的经历

这件事发生在去年,当时小哥白尼还在读中学一年级。十月的一个午后,小哥白尼和舅舅站在银座一家百货商场的楼顶上。

蒙蒙细雨不停地从灰色的天空静静落下,不知不觉间,小哥白尼的外套和舅舅的雨衣都沾满了银色的小水珠,像盖上了一层霜。小哥白尼默默地俯视着银座大街。

从七楼俯瞰,银座大街就像一条窄沟,汽车在沟底川流不息。右侧的车从日本桥开来,从正下方经过后驶向新桥;左侧的车正好相反,驶向日本桥方向。两股车流擦肩而过,时而变宽,时而收窄。电车懒洋洋地行驶在车流之间,看起来就像玩具车一样小,车顶湿漉漉一片。无论是汽车还是沥青路面或是成排的行道树,万物都湿透了,在不知从哪里射来的白昼的光线中闪闪发亮。

小哥白尼一言不发地俯视着,渐渐觉得一辆辆汽车就像是某种虫子。要说虫子，那肯定就是甲虫，一群甲虫正急匆匆地爬过来，而办完事的甲虫又急匆匆地爬回去，不知道发生了什么，但是对它们来说肯定是件大事。银座大街渐远渐窄，不久便向左拐去，藏进高耸的大厦间。那边正是京桥，看起来不就像是甲虫巢穴的出入口吗？急匆匆爬回去的甲虫藏在那里，又有甲虫不断涌出，与它们错身而过，浩浩荡荡地赶过来。黑色的家伙、黑色的家伙，又是黑色的家伙，接下来是蓝色的家伙、

灰色的家伙……

粉末般的蒙蒙细雨依然静静地下着。小哥白尼沉醉在奇妙的想象中，凝视着京桥一带，不一会儿，他抬起了头。被雨淋湿的东京街道无限伸展，在细雨中扩散开来。

这昏暗、寂寞、遥无尽头的景色，让小哥白尼看得心情沉重起来。目之所及，无数小小的屋顶反射着阴沉天空中的光亮，铺展向杳无边界的远方。低平的房屋鳞次栉比，高楼矗立其间，仿佛冲破了屋顶。远处的景物在雨中显得更加朦胧，最终变成模糊的剪影画，飘浮在与天空融为一体的雾中。多么沉重的湿气啊，一切都被打湿了，甚至连石头好像也被浸穿了。东京沉在冰冷湿气的底部，一动不动。

小哥白尼生在东京，长在东京，却第一次见到东京严肃又悲伤的模样。城市的喧嚣从湿气的底部源源不断地喷涌而出，一路爬升到七楼楼顶，但小哥白尼似乎听不见，只是一动不动地凝视着。不知道为什么，他就是无法移开视线。在他的心中，发生了从未有过的变化。

其实"小哥白尼"这个昵称的由来，正和他现在心中的变化有关。

最先浮现在小哥白尼眼前的，是冬天雨中的昏暗大海，也许是因为他想起了寒假时和父亲前往伊豆的情景。他注视着东京在蒙蒙细雨中无边无际地扩散开来，眼下的东京仿佛无垠的大海，矗立的高楼就像冲破海面的岩石，下着雨的天空低垂在海面上。小哥白尼沉浸于想象中，隐约觉得许多人就生存在这片海洋下。

猛然察觉这一想法时，他不禁颤抖了一下。密密麻麻的小小屋顶将大地覆盖，在不计其数的屋顶下竟生活着那么多人！虽是理所当然的事，不过认真一想，还真是有些可怕。在小哥白尼视野范围所及但是看不到的地方，生活着很多他不认识的人。竟然有这么多形形色色的人！在他俯瞰的时候，那些人正在做什么、想什么？对于小哥白尼来说，这简直是无法看透的混沌世界。戴眼镜的老人、留娃娃头的女孩、梳发髻的老板娘、系围裙的男人、穿西装的职员……各种各样的人突然同时出现在小哥白尼眼前，又消散不见。

"舅舅，"小哥白尼开口道，"从这里能看到的地方，究竟有多少人？"

"嗯……"舅舅无法立刻回答。

"如果从这里能看到东京的十分之一或八分之一那么大的地方，不就有东京十分之一或八分之一的人口吗？"

"没有这么简单。"舅舅笑着回答，"如果东京各处的人口分布平均，那就和你说的一样。但实际上有的地方人口密度高，有的地方低，不能根据面积的占比计算，而且白天和夜晚的人数也有很大差距。"

"白天和夜晚？为什么？"

"我和你都住在东京郊外，现在我们来到了东京市中心，到了夜晚我们会回家，不是吗？像我们这样的人不知还有多少呢。"

"……"

"从这里能看到京桥、日本桥、神田和本乡。今天是星期天，要是平时，每天早上都会有庞大的人群从东京郊外涌入。一到傍晚，大家又会离开。省线电车①、市营电车和公共汽车在高峰时段有多拥挤，你也是知道的吧？"

小哥白尼恍然大悟。

舅舅又补充道："换句话说，有几十万……不，可能有超过百万的人像海潮一样涨涨落落。"

如雾般的雨滴静静地落在交谈中的二人身上。舅舅和小哥白尼一时间陷入沉默，凝视着眼前的东京。细雨那端，暗淡的街道无止境地绵延，看不到一个人影。然而，雨帘之下，无疑有数十万、数百万人各有各的想法，各过各的生活。每个清晨和傍晚，他们就像潮水一样涌来又退去。

小哥白尼感到自己仿佛漂浮在未知的巨大漩涡中。"舅舅。"

"怎么了？"

"人……"说到这里，小哥白尼脸红了，但他还是鼓起勇气继续说道，"人，就像水分子一样。"

"没错。如果把世界比作大海或河流，每个人确实就是水分子。"

---

①指往来于大城市郊区和市中心的通勤列车。

"舅舅也一样。"

"是啊,你也一样,是个很小的分子。"

"别瞧不起我,分子不就是很小的吗?要是舅舅变成分子,就大过头了。"小哥白尼边说边俯瞰银座大街。汽车、汽车、汽车……一辆辆像甲虫一样的汽车里都有人。

小哥白尼在汽车的洪流中发现了一辆自行车。一个少年骑着车,宽松的雨衣已被打湿,泛着光泽。他不时看看一旁和后方,留意着从旁驶过的汽车,拼命踩着脚踏板。他做梦也想不到小哥白尼正从这么高的地方看着他,只是忽左忽右地避开汽车,骑行在被雨水淋湿的光溜溜的沥青马路上。就在这时,一辆灰色汽车超过前方的两三辆汽车,突然冲了出来。

危险!楼顶上的小哥白尼在心中大喊,觉得自行车就要被撞飞了。然而少年敏捷地闪身一躲,把汽车让了过去,随后他努力将倾斜的车身重新立起,再次使劲蹬起了脚踏板。他每踩一下,全身就跟着晃动一下,可见他有多拼命。

不知是不是哪家店的小伙计,正因为什么事而一路飞驰?小哥白尼对这些一无所知,只是远远地望着陌生的少年,而少年则丝毫没有察觉,这让小哥白尼觉得有些奇妙。少年飞驰的地方,正是刚才小哥白尼和舅舅来银座时坐车驶过的道路。

"舅舅,我们从那里经过的时候,"小哥白尼指着下方说,"说不定有人正从楼顶看我们呢。"

"嗯,谁知道呢。现在也可能有人正透过某扇窗户望着我们。"

小哥白尼环视附近的大楼,每一幢都有许多窗户。听舅舅那么一说,那些窗户似乎都面朝着小哥白尼的方向,而且每一扇窗户都反射着模糊的光线,如云母一般熠熠生辉。至于是否有人从窗户后面看着这边,就不得而知了。

不过,小哥白尼总觉得在不知道的地方,正有一双眼睛自始至终盯着他。他甚至想象出了自己在那双眼睛中的模样——

远处的七层大楼笼罩在灰色的烟雨中，楼顶上他的身影那么渺小，那么渺小！

小哥白尼觉得很奇妙。看着别人的自己，被别人看着的自己，注意到被别人看着的自己，从远方眺望自己的自己……形形色色的自己在小哥白尼心中重重叠叠，他忽然感到一阵眩晕，胸口仿佛有波浪此起彼伏。不，是他自己的心情摇摆不定了。

此时，在小哥白尼眼前一望无际的都会中，看不见的潮水正盈盈溢满。不知不觉间，小哥白尼也成了潮水中的一颗水珠——

小哥白尼看得出了神，陷入久久的沉默。

"怎么了？"过了片刻，舅舅开口了。

小哥白尼如梦初醒，看了看舅舅，不好意思地笑了。

几个小时后，小哥白尼和舅舅坐上汽车，沿着郊外的道路往家驶去。从百货商场出来后，他们去电影院看了会儿新闻片[①]，然后在傍晚叫了辆车回家。此时，太阳落山了，车前灯的光亮中，霏霏细雨下个不停。

"刚才你在想什么？"舅舅问。

"刚才？"

"在百货商场的楼顶上，你好像一直在想着什么。"

[①] 20世纪30年代，电视在日本还没有普及，新闻由日本的大型报社制作成电影的形式，在电影院播放。

小哥白尼不知道该怎样回答,便一语不发。

舅舅没有再问。汽车在漆黑的路上开足马力前行。

过了一会儿,小哥白尼说道:"我刚才感到很奇怪。"

"为什么?"

"因为舅舅说到了人就像海潮一样涨涨落落。"

舅舅一脸疑惑。

小哥白尼的声音突然清晰起来:"舅舅,人真的就像分子一样。我今天真的这么觉得。"

在车内昏暗的灯光下,可以看到舅舅睁圆了眼睛,似乎吓了一跳。小哥白尼的表情与往常截然不同,兴奋又紧张。

"是吗?"舅舅思索片刻,又平静地说道,"你要牢记这件

事,这件事非常重要。"

那天晚上,舅舅在书房奋笔疾书,一直写到很晚。他时而停下笔来,悠闲地抽一会儿烟,一想到什么,马上又提笔继续。过了不知一个小时还是一个半小时,他才终于放下钢笔,合上有着红褐色布面封皮的大笔记本。

舅舅端起桌上的茶杯,一口气喝光已经变凉的红茶,伸了个大大的懒腰,挠起头来。随后,他点燃香烟,悠闲地吞云吐雾一番后,迅速打开抽屉放进笔记本,关上灯,慢慢地走进卧室。

我们很有必要看一看这个笔记本,因为本田润一被称为小哥白尼的原因,就藏在其中。

看待事物的方法

润一：

今天你在车里说"人真的就像分子一样"，你自己可能没注意到，当时你看上去非常认真。在我看来，你的表情真是美极了。但是，让我感动的不止于此。一想到你认真思考那件事，我的心就热了起来。

正如你感受到的那样，每个人都是广阔世界中的一个分子。大家聚集在一起，创造出这个世界，随着世界的波浪移动、活着。

当然，世界的波浪也是每个分子的运动汇集在一起产生的，而人类又与各种物质的分子不同。随着你不断长大，必然会了解得更加详细。不过今天你能把自己看作广阔世界中的一个分子，这样的发现绝不是不值一提的。

你应该知道哥白尼的日心说。在他提出这一学说之前，人们都相信自己所见，认为太阳和星星是绕着地球转动的，原因之一是基督教的教义使人们相信地球是宇宙的中心。但是再往深里思考一步就知道，这是因为人无论何时都习惯以自己为中心进行观察与思考。

然而哥白尼发现，一些天文现象用地心说无法解释。百思不得其解后，他断然转变了想法，尝试从地球围绕太阳转动这一角度思考，结果此前许多无法解释的现象终于得以用清晰的法则进行解释。后来，伽利略和开普勒等学者继续研究，证明了日心说的正确性。如今日心说是理所当然的常识，连小学课本里都有简单的说明。

但是，你应该也了解，日心说刚被提出时，世间曾一片哗然。那时教会位高权重，这一颠覆教义的假说被视为危险思想，支持这一假说的学者或被打入监牢，或被烧毁书籍资料，受到了严酷迫害。普通人为了避免惹祸上身，当然不会相信这一假说，他们认为因此而遭遇不测实在太过愚蠢。即使是不怕惹麻烦的人，一想到安心居住的大地在宇宙中转动，也会觉得毛骨悚然，不愿相信。日心说在今天就连小学生都知道，但在得到普遍认同前，经历了几百年的岁月。

你一定也读过《人类完成了何等伟业》，知道这些事。总之，人习惯以自己为中心观察和思考，这一习性就是这么根深蒂固。

哥白尼认为自己居住的地球是在广阔宇宙中运动的一个天体，其他人则认为地球稳居宇宙的中心。这两种想法不仅出现在天文学领域，当我们思考这个世界和人生时，它们也如影随形。

孩子们都有着地心说般的思维方式,而不是日心说。你去观察一下就会发现,孩子们的认知体系都以自己为中心:电车轨道在我家左边,邮筒在我家右边,果蔬店在拐角处,静子的家在我家对面,阿三的家在我家隔壁……孩子们会像这样以自己家为中心,认识各种事物。认识他人也一样——那个人是我爸爸在银行的同事,这个人是我妈妈的亲戚——到头来总是以自己为中心思考。

长大后,人们才会或多或少产生类似日心说的思维方式,以广阔的世界为前提,再了解世界上多种多样的人与事。说到某个地方,只要说出某县某町,就知道它的位置,不一定要知道和自己家的关系;说到某个人,只要说是某银行的行长或是某中学的校长,大家就能相互了解说的是谁。

但是,即使长大后会采取这样的思维方式,也只不过是表面现象。人习惯以自己为中心思考、判断事物,这种想法根深蒂固,即使长大后也很难改变。长大后你就会明白,能够摆脱这种想法的人在广阔的世界上实在少见。尤其是在关乎自身利益的时候,要客观地做出正确判断十分困难,如果在这种情况下都能坚持哥白尼式的思维方式,可以说非常了不起了。绝大多数人都会陷入自私自利的考量,所以无法看清真相,只看得到对自己有利的部分。

如果人深信地球是宇宙的中心,就无法了解宇宙的全貌;同样,一旦仅以自己为中心判断事物,就会无法了解世界的真相。这种人一定看不到重大的真理。我们平时总说太阳升起了、太阳落下了,这并不会妨碍日常生活,但是,想了解宇宙的重大真理,就必须摒弃这种思维方式。世界上的其他事也是如此。

因此,今天你深切感受到自己是这广阔世界中的一个分子,在我看来是非常重要的事。我暗自期盼,今天的经历能在你心中留下深深的痕迹。你今天感受到的、思考过的想法,就像日心说代替地心说一样,具有相当深刻的意义。

*

舅舅的笔记本上还写了更多艰深的内容,但只要读过这些,诸位就应该能明白润一被称为"小哥白尼"的理由了。为了让润一记住这天的经历,舅舅开始称呼他"尼古拉·哥白尼先生",后来叫成了"小哥白尼",确实,这样更顺口。

朋友们一问起昵称的由来,小哥白尼就面露喜悦。昵称是伟人哥白尼的名字,当然让人很开心。

第二章

勇敢的朋友

虽然生活在这广阔世界，小哥白尼毕竟还是个中学低年级的学生，日常生活中和他往来的也只有学校的朋友。不过，和朋友也能构成一种不折不扣的社会。

在这一社会，有两个人与小哥白尼关系最亲密：一个是水谷，他们俩小学时同级，后来经常到对方家玩耍；另一个是被称为"小顽固"的北见。

之前说过，北见和小哥白尼身高相近，彼此有很多交谈的机会，但小哥白尼最初却怎么也无法对他产生好感。水谷身形挺拔，面容端秀，无论何时都很稳重，散发出少女般的内敛。但北见截然相反，个头和小哥白尼一样矮，身体却像斗牛犬般结实，无论什么场合都无所顾忌、直言不讳，态度还很强硬。

"不管是谁说什么，我都不会被说服。"这是北见的口头禅，他只要这么一说，事情就没有了商量的余地。北见经常顽固得让人束手无策，于是不知从什么时候开始，大家都叫他"小顽固"。小哥白尼也觉得北见太过一本正经，一开始怎么也亲近不起来。

然而，虽然有些顽固，但北见其实是个非常开朗的男孩。有天放学路上，小哥白尼与其他朋友和小顽固讨论起电流究竟是什么。北见不相信会有某种物质在电线这种固体金属中流过，他认为，电流大概是像光或声音那样靠振动传导的。但小哥白尼知道，比原子更小的电子在电线中流动形成电流，于是他说北见的想法是错的，然而北见无论如何也不肯相信。

"难道不是你理解错了吗？铜丝中怎么会有空隙能让物体通过呢？太奇怪了，不管是谁都没法想象啊。"

小哥白尼不得不搬出在科学杂志、物理学课外书和《世界之谜》中学到的知识，向北见说明物质的构造：一切物质都是由显微镜也看不到的原子构成的，而原子又由更小的电子构成，我们认为没有空隙的物质其实充满了空隙，正因如此，像 X 射线那样的电磁波才能穿透普通光线无法通过的物质。

"是那样吗？"小顽固还是一脸疑惑。

小哥白尼停下脚步，从书包中拿出那天正好随身带着的《电的故事》，让北见看看书中对电流的说明。这是一位理学博士的著作。

"噢……"北见读起了小哥白尼指出的部分。大家也都驻足观瞧，心想这下子就算是小顽固大概也不得不认输了。

不一会儿，北见抬起头，脱口而出："嗯，没错。不管是谁

说什么……"

又来了——大家失望地盯着北见。

北见却心平气和地继续说道:"这次我完全错了。"

大家都哈哈大笑起来,小哥白尼也突然喜欢上了小顽固。

他们是又过了一段时间才真正要好起来的。小哥白尼无法忘记的"炸豆片事件",正是两人亲密起来的契机。

一天,小哥白尼刚走进教室,同学小堀就凑上来小声说:"听说最近大家都管浦川叫'炸豆片'呢。"

"啊?"小哥白尼还是第一次听说。他问为什么。

能说会道的小堀立刻露出略带狡猾的笑容，说道："听说浦川每天的便当里一定会有炸豆片，而且还是没有煮软的、干硬的豆片。"

"哦——"

"这学期浦川只有四天没带炸豆片，一挨近他就能闻到油炸味儿。"

小哥白尼觉得这话题让人不悦，继续问道："你是怎么知道的？"

"这个啊——"小堀看了看四周，声音比之前更低了，"你可别告诉别人，是浦川的同桌山口每天偷偷观察后告诉他的朋友的。这可是个秘密，千万别说是我告诉你的哟，就连浦川自己也还没注意到。"

听到这里，小哥白尼心生厌恶。不论是每天偷窥别人便当的山口，还是觉得这件事有趣而马上散布外号的家伙，都让小哥白尼感到不悦。小哥白尼没吃过炸豆片，偶尔出现在餐盒里时他也不动筷子，那是一种他无论如何都喜欢不起来的东西。而浦川竟然每天都吃，说实话，就连小哥白尼都忍不住觉得好奇。但他并不想和小堀一起暗中偷笑，只觉得毫不知情的浦川太可怜了。在这以前，大家就把浦川当成玩具似的，用各种各样的方式捉弄他。

任何人只要看一眼浦川，就会觉得他受到捉弄在情理之中。

他中等个头，但上半身长得可怕，衣服总是很宽松，显得不合身，帽子却又小得离谱，像士兵一样戴得直挺挺的。他的运动神经似乎相当迟钝，无论是投球还是跑步都不擅长，慢半拍的动作怎么看都只有漫画里才会出现。做体操的时候，连老师有时都会忍不住笑出声来。练习单杠时也一样，别说屁股坐上单杠了，就连脚都挂不上去，好不容易将屁股抬到一半，却坚持不住，扑通一声掉下来，再继续上抬，也只会又掉下。看到抓着单杠挣扎的浦川，任谁都会一边同情，一边捧腹大笑。每次老师只能无可奈何地推着浦川的屁股，用力把他顶到单杠上。

如果浦川能在学业上领先，大家应该也就不会欺负他，可惜他在这方面做得并不算好。更糟糕的是，他是班里出了名的瞌睡虫。浦川唯一擅长的科目是汉语，成绩出众得让人不可思议，连没有标注假名和句读的艰深汉语文章也能轻松读懂，大家怎么努力都超不过他。然而在同学们看来，这一点反而更显得滑稽，他们认为，正因为不擅长英语和数学，汉语才学得好。

几乎所有人都看不起浦川，喜欢恶作剧的同学还会不厌其烦地捉弄他，以看到他为难的表情为乐。

"浦川，你胸口粘着什么东西呢？"

浦川听到后，猛地收回下巴看向胸口，敞开的领口便会立刻被人哗啦哗啦灌进一把细沙。

书法课上，浦川才离开座位一会儿，回来就找不到笔了。当他傻呵呵地在桌子底下四处寻找时，老师就会点名问他："浦川，你干什么呢？"

浦川立刻陷入慌张，无法马上回答。"笔——"

"笔怎么了？"

"找不到了。"

"可你刚才一直在用吧？好好看清楚了！"

浦川心知桌子下没有，却不得不再次探头寻找。这时，不知是从旁边座位还是从前方座位悄悄伸过一只手，把藏起来的笔放回了原处。浦川抬头发现了笔，才知道之前被人藏起来了，可身边的同学们都一副专心练字的模样，到底是谁干的，他毫无头绪。

"怎么样，有了吧？"

老师一问，浦川便回答："嗯，在桌上。"

"冒冒失失的，真让人头疼啊。"

到头来，挨训的是浦川。

大家这样欺负浦川，除了他样子奇怪、学业欠佳外，还有一个理由，那就是他的衣着打扮和使用的物品——就连他的笑容和说的话都透着一股穷酸气，感觉就是个乡巴佬。浦川家是卖豆腐的，而同学们的父母大多是著名的实业家、官员、大学教授、医生或律师，浦川的成长环境实在无法与他们相比。全班只有他的校服不送去洗衣店，而是在自家清洗，也只有他还将旧的布手巾[①]剪成一半当作手帕用。

聊起明治神宫棒球场，浦川只知道外场区的事，无法和同学们谈论在内场区看到的情况；说到电影，浦川只知道偏僻的戏院，而其他同学去的都是市内一流的电影院；至于银座等地，浦川最多两年才去一次，几乎一无所知；更别说避暑地、滑雪场和温泉等话题，浦川往往插不上嘴。他总是孤零零一个人。

遭到排挤和蔑视，浦川恐怕也感到寂寞与不甘，但他越是表现出寂寞、不甘与愤怒，坏心眼的同学们的恶作剧就越是过分。自从发现这一点后，浦川就努力无视他们。无论有何遭遇，

---

①日本特有的洗脸和洗澡时用的棉布片，有时也为了防尘或防暑等蒙在头上。19世纪70年代以后随着手帕、浴巾等从西方传入日本，布手巾的使用率大幅下降。

他都把委屈隐藏在善良、孤寂的笑容之下，熬过令人难堪的场面。大家开始发现无论对浦川做出什么，他都不会生气，于是恶作剧渐渐升级，而浦川的态度却毫无改变。其实遇到极度过分的情况，浦川也笑不出来，他会双眼泪汪汪地盯着对方，继而带着放弃般的表情离开。不过，即使眼中充满悲伤，他也不会表现出任何恨意。

我对你们没有一点儿恶意，也没有想要妨碍你们。为什么要一直折磨我？求求你们积积德，放过我吧——盯着对方时，浦川的双眼如此诉说。他的眼神中没有恨意，那些本性不坏的同学有些过意不去了，不由得为做过的坏事感到后悔起来。他们虽然曾跟着别人欺负过浦川一两次，没多久也就放弃了。只有山口一伙人不肯罢休，一直胡搅蛮缠，继续捉弄着浦川。

后来，一件事发生了。那是在去年秋天。

十一月要召开班级大会，班干部大体制定了流程。开幕词后，大会将按照演讲、朗诵、音乐的顺序进行，接着有余兴节目、茶点，最后解散。班主任大川老师上了半节课便停下，让大家选出参演者。

发好投票用纸后，大川老师说还有别的事，要离开一会儿，让班长川濑等大家写完后收回选票。离开教室前，他叮嘱大家未到下课时间，其他班还在上课，务必保持安静。

大家立刻看着投票用纸，开始思考该选谁。小哥白尼也拿起铅笔思索起来。就在这时,"电信"传到了他的手里。电信是大家上课时秘密通信的方式,在小纸条上写好内容,从桌子底下一个接一个传递。现在老师不在,小纸条也就传得明目张胆,纸上写着如下一行字:

让炸豆片上台演讲吧

不知是谁写的,但肯定是山口那伙人之一。他们想让浦川站在讲台上,对他一通冷嘲热讽,笑话他慌里慌张的样子。小哥白尼只看了一眼,就把小纸条传给了下一个人,他并不想按照上面写的去做。

小纸条依次从一张桌子传向另一张桌子。小哥白尼看着眼前的投票用纸,仍在犹豫到底该选谁,忽然想到刚才的小纸条会传到当事人浦川手里。浦川不知道自己被人叫作"炸豆片",看到后肯定会不知所措。

没错,山口他们肯定是打算让浦川难堪。小哥白尼恍然大悟,他抬起头,目光追逐着那张小纸条,发现再经过两三个人就要传到浦川手里了。很快,浦川拿到了小纸条。小哥白尼坐在教室后排,看不见浦川拿到小纸条后的表情。浦川似乎感到莫名其妙,微微歪了歪头。这时,坐在浦川身旁的山口回头看着他那群朋友,吐出舌头,一脸不悦。浦川仍然一头雾水,继续把小纸条往后传。山口又吐了吐舌头。

小纸条左传右传，传到了山口手里。他故作非常意外的样子，以大家都能听到的声音读着小纸条上的内容："让炸豆片上台演讲吧……炸豆片是谁？"

窃笑声四起。

山口得意扬扬。"不知道是指谁啊。"他说着转向浦川，问道："喂，浦川，你知道吗？"

浦川明显慌了手脚，不知所措地转向山口，疑惑地摇了摇头。"我，不知道。"

山口那伙人大笑起来，其他人也跟着笑出了声。听到笑声的瞬间，浦川顿时明白了，脸色骤然一变。我家的生意，我的便当！原来是这样，炸豆片就是我！

浦川的脸涨得通红，从小哥白尼坐的地方能看到他的耳朵

都红了。

就在这时，咣当一声，小顽固北见站了起来。"山口，你太卑鄙了！"他愤慨地喊道，"不许欺负弱者！"

山口斜眼瞥向北见，噘起下嘴唇，冷笑了几声。

北见忍无可忍地离开座位，气冲冲地来到山口面前。"炸豆片这个称呼是你开始叫的，我都知道了。"

"怎么可能？我可没这么说。"

"那你刚才为什么吐舌头？"

"真是多管闲事。"

山口似答非答之间，啪的一声，北见朝着他的脸颊就是一巴掌。山口脸色发青，充满怨恨地看向北见，突然吐了口唾沫，直直命中北见的脸。

"好啊！"

才刚听到一声大喊，北见那斗牛犬般的身体已经猛地撞向山口的胸膛。椅子应声倒地，两人扭打着倒在桌子之间。山口仰面朝天，被北见压在身下，他虽然比北见高得多，腕力却远远不及，挣扎着想要顶回去，却无法起身，脑袋被连续拍打数次。北见抓住山口上衣的衣襟上下晃动，山口的脑袋就这么随着身体一次次咚咚地撞在地板上。

小哥白尼伸长脖子观望了一会儿，班里所有人都站了起来，冲到二人身边。小哥白尼也起身冲了过去，可二人身边已经围满了人，他看不到其中情形。当他拨开人群走到前面时，令人

意外的光景出现在眼前。

在桌子间的狭窄空间里，山口仍被仰面压倒在地，恶狠狠地瞪着北见。北见像刚才一样从上方牢牢压着山口，而浦川从背后抱住了他。

"北见，可以了，不用做到那个份儿上！"浦川拼命阻止仍想出拳的北见，几乎就要哭出来了，"喂，积积德吧，你就饶了他吧！"

班长川濑也不停地安抚北见。

北见气喘吁吁，一言不发地瞪着山口。

就在这时，传来了老师的声音："你们在干什么？"

大家安静下来，面面相觑。

"都回座位坐好。"

大家纷纷回到座位上。北见也站起了身，手上还流着血。被压倒在地的山口用尽全力抓挠了北见。看到北见返回座位，山口也怒气冲冲地坐到了自己的位置上。

大家全部坐好后，大川老师开口了。"到底发生了什么事？我已经强调了要保持安静，可我一走，你们就立刻开始闹事。就这样还想成为出色的中学生？其他班还在上课，如果你们懂得为其他班同学考虑，那么无论发生什么事，都不会吵成这样。我觉得非常失望。"老师交替看了看山口和北见，继续说道："人不是必须诉诸武力才能解决纷争。你们到底在争什么？"

二人不发一语。

"好，这个问题随后再说。是谁先动的手？快说！"

"是我。"北见回答得清清楚楚。

"是吗？你先动的手？不能用嘴讲明白吗？"

"我是那么想过。"

"到底发生了什么事，让你那么耐不住性子？总不会是无缘无故就动手了吧？"

"……"

"快说，为什么要那么粗暴？"

北见还是保持沉默。

"说实话。你先动手引发了这样的混乱，无论怎么说都是你的错。但是你还没有成年，还需要磨炼心性，生起气来无法控制自己，我不一定会责备你。只要有合理的原因，只要你今后谨慎行事就好。老实告诉我，究竟为什么？"

北见只是垂着脑袋，什么也没说。小哥白尼不明白他为什么沉默。只要如实回答，就能揭露山口他们的卑劣行为，他也不会受到斥责。

"不能说吗？川濑，把你看到的情况如实告诉我。"

老师刚说完，下课的钟声正好响起。他让山口、北见和川濑三人留下，其他人去运动场。

来到运动场，小哥白尼仍然格外在意老师的调查结果。在这段休息时间里，他和水谷在运动场大门附近的梧桐树下聊天，等待三人出来。

三人在下一堂课即将开始时出来了。走在最前面的是川濑，表情格外认真，大家凑到他身边，你一言我一语地询问老师的处理结果。随后出来的是山口，四五个同党纷纷冲上前去，鬼鬼祟祟地和他交谈了一番，不一会儿便围着仍然怒气冲冲的他不知去了哪里。

最后出来的是北见。看到他表情明快地吹着口哨，小哥白尼安下心来，北见肯定没有遭到严厉斥责。浦川率先跑到北见近前，担心地问了几句，大概北见说了不必担心，浦川抬起头，开心地望向大家。小哥白尼第一次见浦川这么开心。

据川濑说，他向老师详细说明了事情经过。老师听完后，狠狠批评了山口一通。北见也受到了警告，但并没遭到强烈指责。放学路上，小哥白尼和北见并排走着，问他为什么没在老师询问时说出事情原委。北见用贴着创可贴的手抹了一把脸。"那不就成告密了吗？我可不喜欢做那种事。"

两人一直走到省线电车的车站，分别时，小哥白尼对北见说道："星期天要不要来我家？水谷也会来。"

真实的经历

小哥白尼：

你昨天兴奋地给我讲"炸豆片事件"，我也觉得非常有趣。听到你站在北见一边，同情浦川，虽说这么做理所当然，我还是高兴不已。假如你是山口的同伙，和挨了骂出来的山口一起偷偷摸摸地逃到运动场的角落，那你母亲和我该多么伤心啊。

你母亲和我从心底希望你成为一个高尚的人，这也是你父亲的遗愿。因此，看到你憎恨那些卑劣、低俗、狡诈的事，尊敬男子汉的率真精神——该怎么说才好呢？我松了口气。我还没告诉你，你父亲去世前三天，曾把我叫到身边，拜托我照顾你，还说了对你的期望。

"我希望他能成为高尚的男人，成为高尚的人。"

我把这句话清楚地写在这里，你要牢记在心，绝对不能忘记。我也会谨记在心，提醒自己绝不忘记。我决定在这个笔记本里写下许多话，等将来有一天拿给你看。我这么做，也是为了不辜负你父亲的期望。

你也长大了，会时常认真思考社会和人生的问题，我该认真和你谈谈这些事了，不能再以开玩笑的态度对待。没有高尚的思想，就无法成为高尚的人。但是，没有任何人能用"社会就是如此，人活在那样的社会里，就有这样的意义"之类的三言两语为你讲清楚。就算有人能讲清楚，这种事也不是听听就能立刻理解的。我可以教你英语、几何或代数，却无法教你，人们聚集起来创造出这个社会、每个人在其中过着各自的人生到底有多大意义，有多少价值。随着你渐渐长大会有所感悟，不，长大后你也要继续学习，自己寻找答案。

你当然知道，水是由氧和氢按一比二的比例构成的，这种事情通过语言便能说明白，在教室看了实验，就会点头同意。然而，要是问到凉水是什么味道，你不亲自尝尝，就无法明白。无论别人怎样说明，真正的味道只有自己喝过才能明白。同理，我们无法对生下来就失明的人说明，红色究竟是种什么颜色，只有他们睁开眼睛看到红色的那一刻才能明白。这样的事情在人生中多如牛毛。

举例来说，绘画、雕刻和音乐的有趣之处只有欣赏过的人才知道，对于没有接触过卓越艺术的人，无论怎么说明，终究无法让他理解。尤其是在这些方面，光有眼睛和耳朵是不够的，必须要打开用于欣赏的心之眼和心之耳。而心之眼和心之耳之所以能够打开，也是接触了卓越的作品，内心渐渐被打动所致。

想了解人活在世上究竟有何意义,需要你先活得像个真正的人,在人生中切实去体会,否则再厉害的人都无法教会你。

当然,以前就有不少伟大的哲学家和僧人为我们留下了饱含深邃智慧的话语。如今也是,真正的文学家、思想家都在默默地苦心探索人生的真谛,并将其思考写在作品和论文中。即使不像僧人宣传教义那样直接,他们写下的文字其实也蕴藏着人生的智慧。今后你也必须广泛阅读那些书,学习高尚的人的思想。不过,最关键的不是别人,而是小哥白尼你自己。你要在自己的人生中去看,去多方面感受,这样才能够理解那些伟人话语中的真谛。若像学习数学和科学那样只阅读书籍,绝不可能理解到那个程度。

所以,最关键的就是无论何时都从你真实的感受、真正打动你的事物出发,不断思考其中的意义。当你有深切的感受和发自心底的想法时,绝对不能有一丝敷衍糊弄。你要认真思考在什么样的场合下对哪些事有感受、感受如何,这样你就能通过具体的感动,或者说无法重复、仅此一次的经历得到意义,而这种意义不仅限于当时。这就是你真正的思想。如果换成深奥的表述,就是要常从自身体验出发,进行率直的思考。小哥白尼,这真的十分重要!如果你有一丝糊弄,那么无论你曾想到或说出多么了不起的事,都不是真的。

我和你母亲都与你去世的父亲一样,希望你能成为高尚的人,希望你对这个世界、对生而为人这件事抱有了不起的想法,并能按自己的想法活着。因此，希望你能好好领悟我在这里写下的话。

我和你母亲都打心底希望你成为高尚的人，而不仅仅是成绩优异、举止得体、师友都从你身上找不到缺点的中学生，也不是要求你长大后成为一个不被人挑剔和责难的人。成绩优异当然很好，举止粗鲁确实让人头疼，我们也不希望你进入社会后被人指指点点，但除此以外还有更重要的事。

自上小学以来，你已经多次在学校的道德课上学过，人应该遵守怎样的道德规范，这当然不可忽视，如果有人能像课上教的那样，做到正直、勤勉、克己、忠于义务、重视公德、待人亲切、勤俭节约……那他确实是个无可挑剔的人，如此完美的人自然会受到世人尊敬，也值得被尊敬。但是，接下来才是你必须思考的问题。

你在学校受到这样的教育，世人也认为能做到这些就是高尚的人，于是你就据此行动、照此生活——小哥白尼，听好了——如果是这样，你永远都无法成为顶天立地的人。在你还小的时候，确实可以这样做，可是你已经长大了，光这样做远远不够。重要的是，你必须从灵魂深处真正明白人究竟是什么地方高尚，而非依靠世人的眼光，这样你才能从心底想要成为一个高尚的人。这是好的，那是坏的，无论是逐一做出判断，还是随后付诸行动，你都要时刻珍视从心中涌出的真挚感情。"不管是谁说什么"，这是北见的口头禅吧，你也要有这样的决心。

如果你不这样做,那么就算我和你母亲希望你成为高尚的人,你也有这样的想法,到头来你也只能是个看起来高尚的人,无法成为真正高尚的人。在这世上,为了在他人眼中显得高尚而装模作样的人太多了,他们最在乎别人眼中的自己,不知不觉就把真正的自己丢在了脑后。我不希望你成为那样的人。

因此,小哥白尼,我再说一遍,你必须多加珍视内心的感受和深受感动的事,不断思考它们的意义,永远不要忘记。

今天写下的东西或许对你来说稍显深奥,简而言之,就是请你不断积累经验,始终努力倾听内心真实的声音。

最后,请你再次回想"炸豆片事件"——

是什么让你那么感动?

北见的抗议为何让你那么感动?

看到浦川拼命阻止北见打山口,为什么你会那么感动?

对了,你认为浦川太懦弱,我也同意,如果他能堂堂不屈,也不至于被欺负到那个份上。如果身处浦川那样的境遇,还能毫无怯意地反抗山口他们,那种人可以算是英雄了。浦川虽不是英雄,但也不该遭受指责,像浦川那样的人需要周围的人宽容以待,更何况浦川还请北见饶过欺负他的山口,这说明他有一颗宽容、温柔的心。

第三章

牛顿的苹果与奶粉

约定好的星期天秋高气爽。

在这之前他们三个人说好了,水谷和北见会提前吃完午饭,一点钟去小哥白尼家。从早上开始,小哥白尼就躁动不安。到了中午,和母亲面对面吃饭时,他也一直心神不宁,惦记着门铃是不是响了。他把菜送进嘴里,胡乱吃了几口饭,咀嚼着,不知瞥了挂钟多少眼。

母亲忍不住笑了。"好歹稳稳当当把饭吃完啊。你已经看了多少次钟了?加上这次,已经十五次了。"

"才没有。"小哥白尼红着脸否认,"也就十次吧。"

"十次已经很多了吧?瞧,你又看了!"

"没有,我刚才是在看日历呢。妈妈你真是的,太狡猾了。"

"瞧你说的——算了,好歹先把茶喝了,这么慌慌张张还怎么吃得下饭啊。不用担心,一会儿客人就来了。"

饭吃完了,再过二十分钟就一点了。小哥白尼躺在起居室

里读了报纸上关于六大学棒球联赛①的评论。再过十四分钟就一点了,小哥白尼把周日漫画专栏全看完了。还有十分钟就一点了,小哥白尼又读了动物园游记。还有七分钟就一点了。

"唉,唉。"小哥白尼扔掉报纸,悲叹道,"他们到底在做什么啊?"

---

①指日本东京六所著名大学(早稻田大学、庆应义塾大学、明治大学、法政大学、立教大学、东京大学)的棒球社组成的联盟举行的比赛,起源于1903年早稻田大学和庆应义塾大学之间的棒球对抗赛,后来另外四所大学陆续加入。

母亲噗地笑了出来:"等得真是辛苦啊!要来的到底是什么贵客呀?妈妈恐怕招待不起呢。"

指针渐渐接近十二点的位置。不一会儿,嘀嗒一声传来,时钟当地响了一声,一点了。小哥白尼决定去省线电车的车站看看,就在此时,女佣房间的门铃响了。

小哥白尼跑到玄关一看,北见正站在那里,为准时到达而得意扬扬。大概十五分钟后,水谷也来了。

三个人来到小哥白尼位于二楼的房间,玩了纸牌、加拿大棋、日本象棋、侦探游戏……一直玩到三点,开心极了。以往和水谷一起玩耍时,即使开心也安安静静,而这天仅仅多了个北见,便热闹起来,三个人不知多少次直笑得肚子疼。室内游戏玩过一遍后,小哥白尼说道:"要不要听听早稻田和庆应的比赛?"

"听唱片吗?"

"不,听广播,由我来播音。"

"啊?"

小哥白尼拆掉收音机的外壳放在桌上,然后头顶包袱皮,蹲在桌子后播报起来:"晴空万里,轻风拂面,神宫棒球场没有一粒浮尘。球场正后方的国旗微微飘动,真是棒球比赛的绝好天气,真是棒球比赛的绝好天气……"

"真不错!"北见感慨道。

"城北之雄,早稻田!城南之雄,庆应!"小哥白尼精神抖擞地继续道,"双雄之争乃棒球界的巅峰之战,时至今日已有三十年的历史!如今再战,全国数百万球迷狂热不已。母校的名誉,校友的期待,更有三十年的传统,这一战……"

难怪小哥白尼提议要自己播报,真是像模像样。

"……大战三十分钟后即将开始,神宫棒球场如今一片期待与激动的氛围。一大早,围绕场地的观众席就已挤满数万名观众,两校的啦啦队将内外场的指定座席区挤得水泄不通。三垒一侧为庆应,一垒一侧为早稻田,各自的铜管乐队从战前便气势如虹……"

"队员还没来吗?"水谷插了一句。

"马上就来。"播音员回答,"啊,早稻田的队员从一垒入场了!入场了!他们身穿灰色运动服。全场起立!全场起立!请听这雷鸣般的掌声。早稻田的啦啦队站起来了,他们开始齐声合唱,欢迎队员。"说到这里,小哥白尼尽力以雄浑的声音唱了起来:"万里碧空,太阳高悬,光辉遍照,传统之源。"

北见也跟着小哥白尼高唱:"光辉精锐,斗志熊熊,登上理想的宝座……"

两个人代替啦啦队的工作并不轻松,北见尽全力发出洪亮的声音:"早稻田,早稻田!霸者,霸者,早稻田!"

"……接下来,庆应从三垒入场了!森田教练率队,庆应的队员入场了。庆应啦啦队开始合唱迎接队员!请听这精彩的合唱!"小哥白尼稍稍改变语调,用高亢的声音唱道:"青春的血液熊熊燃烧,此时的我们光芒万丈。"

水谷发出优美的声音,加入了合唱:"在此仰望希望的明星,吾等合力向胜利前行。万物常新,看吧,精锐之师……"

"广播"里继续传来播音:

"两队开始练习。早稻田的队员在场上散开,要做自由击打了。接下来为您介绍两队过去的战绩,明治[①]三十八年……"

"那些就免了吧!"北见说道。

"可是不介绍就不像早庆战了。"播音员愤愤不平道。

"还是算了吧,快点开始比赛!"

---

①日本第 122 代天皇睦仁在位期间使用的年号,时间为 1868 年到 1912 年。

"是吗，好吧……"没能炫耀一下难得掌握的知识，播音员听起来有些遗憾，但还是立刻遵从了北见的要求，"两队结束防守练习，比赛马上就要开始了。早稻田先攻，庆应防守就位，投手楠本站上投手板，满面笑容。早稻田第一棒击球员佐武已经进入击球区。比赛开始！"突然，小哥白尼发出奇怪的声音，"呜——呜，呜——呜，呜呜——呜。"这是在模仿比赛开始的鸣笛。

随着赛程推进，场面陷入一片混乱。开始的几局两队都没有得分，但自从早稻田在第四局得到一分后，两队每局都有击打和得分。庆应每次得到一分或两分，北见总会说上一句："真是的，才不会那样！"于是，小哥白尼让早稻田趁着庆应失误得分，结果这次换成了水谷提出抗议："庆应才不会有那样的失误！"

为了让比赛进程符合两人的心意，播音员小哥白尼煞费苦心。比赛注定是场白热化的拉锯战。两队你追我赶，互不相让，比赛终于进行到第九局的下半局，早稻田防守，庆应进攻。早稻田领先一分。

"一垒、三垒有人！庆应的击球员是队长胜川，是防守时轻快无比、击打时承担第三棒重任的明星胜川！已经有两人出局，但三垒有人，是靠安打得分的机会！只要击出一球，立刻就能追平。现在是一好球三坏球，经验丰富的若原或许会故意投出四坏球送击球员上垒，让下一个击球员出局。"

"不行，必须让击球员三振出局！"北见怒吼。

"若原站上了投手板。他高高举起手,准备投第五球。投出去了!打中了!打得好!球远远飞出,飞向左外场。左外场手拼命后退、后退、后退——啊,球过去了!球飞过左外场手的头顶,打中了观众席下方。三垒跑垒员回到本垒得分!一垒跑垒员也像脱兔般飞奔,跑过三垒了,啊,回到本垒了,得分!庆应获胜,庆应获胜,庆应获胜!胜川了不起的三垒安打,庆应得到两分,终于获胜了!呜——呜,呜——呜,呜呜——呜——"

笛声没有响到最后,北见站起身,猛扑向播音员小哥白尼。"喂,收音机!还不闭嘴吗?"北见说着,将蒙着包袱皮的小哥白尼的头紧紧压住。

"啊,糟了,糟了!"小哥白尼隔着包袱皮叫喊,"就在刚才,暴徒出现了!"

"喂,还不闭嘴吗?还不闭嘴吗?"

"暴、暴、暴徒是……早稻田球迷!"

"你这家伙!"北见满脸通红,笑着用力压住小哥白尼。

小哥白尼仍在继续:"暴徒……正在干扰转播……转播。播音员……现在……正拼命播音!"

北见放声大笑,小哥白尼想趁机起身,两人纠缠着倒在桌旁。收音机外壳险些从桌子上掉落,幸好被跑过去的水谷一把抱住。

北见松开手,小哥白尼摘下包袱皮,两人倒在榻榻米上,仍笑个不停。小哥白尼的头就枕在北见的肚子上,北见一笑,小哥白尼的脑袋就感受到北见肚子一波又一波的震动。

"啊,累死了!"小哥白尼一副倦怠的模样,北见伸了伸胳膊,稍事休息,水谷也长出一口气,躺倒在旁边。

三人默默地躺了一阵子,不需要交谈,只是一言不发地躺着,就无比快乐。

外面是秋高气爽的好天气,透过敞开的纸拉门,越过走廊,能瞥见相邻的屋顶被庭院里的树木环绕着。纸拉门的扶手后面,是秋天湛蓝清澈的天空。仿佛由丝绸拉扯而成的白云在空中缓缓地改变着形状,悠然飘动。远处传来省线电车驶过的声音,小哥白尼听得出了神。

水谷和北见回去时,天已经黑了。

听完播音员转播的早稻田和庆应对抗赛后,三人来到附近的空地上玩投接球和击球游戏,一直玩到傍晚。回到室内,他们又热热闹闹地吃了晚饭。天色渐渐暗了下来,舅舅恰好来到了小哥白尼家,于是大家又兴高采烈地聊起天来。毕竟水谷和北见都还是中学一年级的学生,不可能太晚回去,听到七点的钟声,两人便离开了。舅舅和小哥白尼出门送他们。

这是个美丽的月夜。月亮刚刚升起,从榉树粗壮的枝干旁探出光洁的面庞,是初十左右的明月。四个人沿着种满矮树篱笆的昏暗小径前行,月光时而从榉树间照亮大家的脸,时而又把大家的脸藏在黑暗里。铺着瓦的屋顶像被打湿般发亮,已经到了不穿外套就会冷的时候了。

抬头一看,高大的榉树树梢上的叶子几乎已经掉光了,上方一望无垠的夜空清晰地呈现出深邃的蓝色,让人不禁一颤。仿佛用针尖刺出的星星又高又小,闪着亮光。

真漂亮啊!小哥白尼想。

皎洁澄澈的秋夜让人时而想屏气凝神,时而又想要做个深呼吸。

四个人穿过安静的郊外住宅区,向车站方向走去。距离车站附近热闹的街道还有一段路。

水谷问小哥白尼:"刚才的故事你听明白了吗?关于牛顿的——"

"不明白。"

"真奇怪,到底是什么意思呢?"水谷说着看向月亮,月光洒满了他白皙的脸庞。

小哥白尼也抬起头。月亮悬在空中,安静得让人觉得不可思议。小哥白尼突然想到他们和月亮之间有着非常遥远的距离,而一股肉眼看不见的力量越过了这一距离,正在地球和月亮之

间发挥着作用。

莫名的思绪涌上小哥白尼心头，他对舅舅说道："舅舅，能给我们解释一下刚才说的牛顿的故事吗？"

有关牛顿的故事，是餐后吃水果时舅舅讲的。他突然想起什么似的，一边削苹果一边说："牛顿和苹果的故事你们都知道吧？看到苹果掉落，他就想到了万有引力。但是你们知道他为什么会产生那样的想法吗？"

三个人都不知道。

于是舅舅又问："你们也没有想过为什么吗？"

三个人还是默默地摇了摇头。

"这样啊。"舅舅歪了歪头。就在这时，苹果正好削好了，果皮掉在托盘上，于是他把牛顿的故事抛在一边，吃起了苹果。"嗯，味道真不错，是哪儿的？"

话题转移到了青森与北海道的苹果有何区别上，水谷和小哥白尼始终没有机会再问舅舅。回家的路上，水谷想起了这件事。

听到小哥白尼这么一问，舅舅也想起来了。"对、对，刚才我们是要说那故事来着。"他停下脚步，点上烟，缓缓地边走边说起来。

"那时我刚上小学，某份报纸正月的副刊是一组三色版油画，共有三幅，画的是武烈天皇踢死野猪，孟母剪断正在织的布、训诫儿子,还有牛顿看到苹果掉落后站在原地沉思。我当时完全不懂三幅画的含义,我的姐姐——小哥白尼,就是你妈妈——读了上面的说明,逐一讲给我听。那时你妈妈已经上了女子中学,应该比现在的你们大一两岁。她读得懂,就给我解释了一遍。那时我觉得她真是了不起。

"报社为什么把这三幅画组合在一起,我至今还不太明白,但每幅画的含义一听故事就能懂。日本古代有个武烈天皇,十分勇猛,打猎时一脚就踢倒了野猪;中国圣贤孟子的母亲十分伟大,训诫上课上到一半就回家的儿子,让他努力读书;伟大的学者牛顿看到苹果掉落,发现了万有引力这一重要定律。这些内容就连小学生都听得懂,其中武烈天皇的故事最好理解,而孟母的故事也不难,把半途而废的学业比作织到一半的布。唯独牛顿的故事,当我进一步思考到为什么时,发现糟了,我一点儿头绪都没有。

"听了姐姐——听了你妈妈的说明后,我问了她,结果她也一脸为难,拉住刚上小学一年级的我,想从地球与月球、地球与太阳以及各种行星的关系出发,回答我的问题。我还记得当时她拿出皮球和乒乓球,一个劲儿地向我说明:'这个是我们居住的地球,这个是月球⋯⋯这样一来就会⋯⋯'然而我毕竟是个一年级的小学生,她这么用心说明,对我却似乎一点儿用也没有。我似懂非懂,一直带着奇怪的感觉在听,最后她一副'真头疼啊'的表情,说'这样的内容对你来说还太难了,

等你再长大些就明白了',便结束了讲解。

"刚才吃苹果的时候——不,是削苹果的时候,我想起了那件事。"

"那么,舅舅,你是什么时候明白的?"小哥白尼问。他十分在意舅舅在自己这么大时是否已经弄明白了。

舅舅继续说道:"这不好说。上了小学高年级后,我大体理解了地球和月球的关系啊,太阳系啊,还有你妈妈以前没能让我明白的事。上了中学后，我也学到了很多相关知识，获得了基本的常识，但我还是不明白，苹果掉落为什么能一路引导牛顿提出万有引力。关于万有引力和天体运动的知识虽然大体了解，但之前的疑问仍没有解决。"

"舅舅是什么时候明白的？"小哥白尼执着于这个问题。

舅舅答道："我一直觉得是个问题，但也没有执着到无论如何都想解决的程度，结果一直拖到了上大学。"

"啊？上大学？"小哥白尼眼睛都瞪圆了，北见也笑了起来。

"是啊，上大学前我一直都不明白，只是隐约觉得，大概是牛顿在深入思考物理学问题的时候，苹果突然打破了四周的寂静落地，牛顿猛地回过神来，结果了不起的想法像闪电一样一闪而过。"

"难道不是这样吗？"这次是北见问的。

"其实根据专家的看法，从苹果想到万有引力的故事究竟有多大可信度还存在疑问，是否属实也不确定。我上了大学后，有一次询问学理科的朋友，他向我说明牛顿的思维可能出现过的轨迹，我听后才恍然大悟。"

"什么样的说明？""我们也能听明白吗？"小哥白尼和水谷接连发问。

舅舅慢慢吐了口烟，继续说道：

"嗯，能明白。苹果突然掉下来时，当然是有某种想法灵光一现，但重要的是在那之后。

"苹果应该是从三四米的高度掉下来的,牛顿开始思考:如果是从十米的高度掉下来会怎么样?当然,四米或十米并没有什么不同,苹果肯定会掉下来。那么十五米呢?当然还是会掉下来。二十米呢?也一样。一百米,二百米,高度逐渐增加,但就算到了好几百米的高度,苹果也会遵循重力法则掉下。

"但是,当高度继续增加到几千米、几万米,一直到了月球,苹果还会掉下来吗?只要重力还在发挥作用,那么自然就会掉下来,不仅是苹果,任何东西都一样。但月球呢?月球不是没掉下来吗?"

小哥白尼、水谷和北见都一言不发,等着舅舅继续解释。四人此时已经穿过成排的榉树,走上了空地旁边的路。空地对面二层住宅的上空,月亮依旧静默地望着四人。

"月球不会掉下来,因为地球对月球的引力和月球转动过程中向外飞出的力正好势均力敌。对了,并不是牛顿首先提出天体之间存在引力的。早在开普勒的时代,人们就认为星星和太阳之间存在引力,因此星星会遵循一定的轨道运行。自由落体定律指出,物体没有支撑就会落下,这也是在牛顿的时代以前大家就都知道的事。

"那么,牛顿的发现到底是什么?他将作用于地球上物体的重力和作用于天体之间的引力联系起来思考,证明这两种力性质相同。问题在于这两种力是怎样在牛顿的大脑中被联系起来的。"

舅舅说着抽了口烟，弹落烟灰，又继续道：

"正如刚才所说，牛顿看到苹果掉落，就开始思考掉落的高度不断增加，最后到达月球的情况。重力法则原本涵盖的是地球上的物体，只要把掉落的物体原来的位置设定得离地面越来越远，一直到达月球，那么这一物体和地球的关系就不再是地面上的关系，而是天体与天体之间的关系。

"这么一想，小哥白尼，将作用于天体之间的引力和作用于落体的重力在头脑中联系起来，不就十分自然了吗？牛顿认为两者性质相同，于是着手研究，试图证明。

"后来，他计算了月球与地球的距离，又计算了月球受到

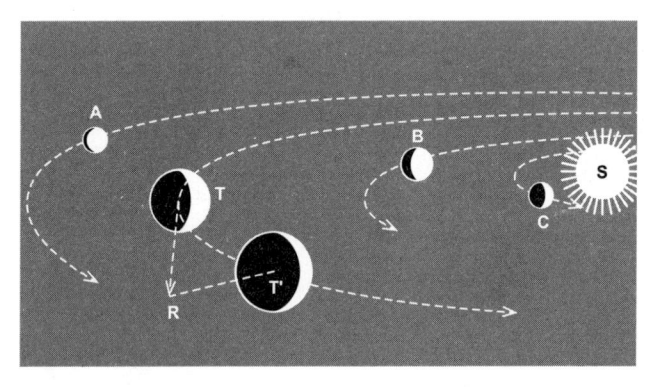

重力和万有引力 行星沿着轨道绕太阳转动，是因为受到了太阳引力的作用，这与地球吸引物体的重力性质相同。如果没有太阳的引力，行星T就会沿着R的方向运动，但它实际上会到达T′的位置，这说明行星T受到了S的引力。

的重力和地球的引力，长期苦心钻研，终于成功证明了万有引力。由此，在无边无际的广阔宇宙中不停绕圈的星星的运动也好，从草叶边缘滴答一声滴落的露水的运动也好，无论天上还是地下，所有事物都能用同一物理学理论解释了。在学问的历史上，这当然是非常伟大的事业……"

舅舅说到这里，扔掉了一直在抽的烟。红色的火光倏地描绘出一道抛物线，随后便消失了。

"怎么样，小哥白尼，明白了吗？"

小哥白尼没有回答，而是默默地点点头。北见和水谷也都保持沉默。三个人都不明白该如何表达现在的想法。

舅舅又开了口："牛顿之所以伟大，并不仅仅在于他设想重力和引力性质相同，而在于他由此出发，通过艰苦卓绝的努力终于证明了设想。这是普通人难以做到的。但是，如果没有最初的设想，也就没有后来的研究，因此他脑中闪过的想法也是相当了不起的。

"听完朋友的解释，我深切地感受到，即使是如此伟大的设想，也是从出乎意料的简单之处出发的。没错吧？牛顿不就是如此吗？将从三四米的高处落下的苹果在脑海中设想得越来越高，高到某一个地步，就会咚的一声迸发出宏大的思考。

"小哥白尼，理所当然的东西并不单纯。就算你认为已经完全明白，一旦顺着原先的思路继续苦思冥想，就会遇到并不明白的事。这样的情况可不仅限于物理学……"

月亮已经高高升起,挂在远处澡堂烟囱的斜上方,依旧默默地望着四人。一望无际的夜空在头顶上方伸展,星星不时闪烁。在这样的夜晚思考遥远的天体世界,让人觉得会渐渐消失在大气中。

他们走在蓝色的月光下,铺满路面的沙砾沐浴着月光,闪着美丽的光芒……

不一会儿,舅舅和小哥白尼沿同一条路快步朝家走去。他们把水谷和北见送到车站后,沿着原路返回。夜里的凉气沁入身体,两人几乎没再说话。月亮依旧不喜不怒,也不叹息,只是静静地越过屋顶,越过电线杆,穿过榉树的枝条,随两人一同向前。

来到小哥白尼家门口,舅舅停下脚步说:"我回去了。"

两人互相道别。

"舅舅,晚安。"

"嗯,你也好好休息。"

五天后的星期五,发生了一件稀奇的事。舅舅收到了小哥白尼寄来的一封长信。

信的内容如下:

舅舅:

以下是我下次再见到你时想说的话,但我觉得写成信更好，就写了这封信。

我有一个发现，这全是因为听了舅舅讲的牛顿的故事。但是，如果我说有了一个发现，大家肯定会笑话我，所以我只说给舅舅你听，也请你暂时不要告诉妈妈。

我为这个发现取了个名字，叫"人类分子的关系：网络法则"。最初我考虑过"奶粉的秘密"这个名字，但觉得像少年杂志上的侦探小说，就放弃了。如果舅舅能帮我想个更好的名字，那我会很高兴的。

究竟该怎样说明这一发现，我现在还不是很清楚，但只要按思考的顺序说，舅舅应该就能明白。

一开始浮现在我脑海中的是奶粉，我要这么说，大家肯定会笑话我。连我自己都想找个更像样的东西，但自然而然就想到了奶粉，我也没有办法。

星期一晚上，我在半夜里醒了，应该是梦到了什么才醒的，但我忘了梦的内容。一睁眼，不知道怎么回事，我就开始思考奶粉罐的事，就是我家那个装仙贝和饼干的大奶粉罐。我想起妈妈说过，在我还是个婴儿的时候，因为母乳不够，她就每天给我冲奶粉喝。那个奶粉罐据说就是那时的纪念。听说这件事时，我曾说："那澳大利亚的牛也是我的妈妈呀。"毕竟奶粉是澳大利亚生产的，罐子上画着那里的地图。我躺着想啊想，想象起澳大利亚的方方面面来：牧场啊，牛啊，原住民啊，生产奶粉的大工厂啊，港口啊，汽船啊，一个接一个，想了很多很多。

接着，我想起了牛顿的故事。舅舅说过，牛顿看到从三四米高处掉落的苹果后，想象它从更高的地方落下，在无止境的想象中形成了杰出的思考。我就想，如果我也不断思考和奶粉相关的事，会有什么结果呢？

我躺在床上，从澳大利亚的牛开始，依次思考了奶粉在进入我嘴里之前的全部过程。没想到想起来没完没了，让我大吃一惊。有很多人出现在整个过程中，我试着写下来：

（一）奶粉来到日本之前

牛、照顾牛的人、挤奶的人、把奶搬到工厂的人、工厂里生产奶粉的人、装罐的人、装箱的人、用卡车或以其他方式把箱子运到火车站的人、把箱子搬上火车的人、开火车的人、从火车运到港口的人、把货物装到汽船上的人、开汽船的人。

（二）奶粉来到日本之后

从汽船上卸货的人、运到仓库的人、管理仓库的人、推销的商人、做广告的人、销售奶粉的店铺、将奶粉罐运到店铺的人、店铺的主人和小伙计,最后小伙计再把奶粉送到我家厨房。

(后面的内容明晚再写)

(接着上面的内容)奶粉从澳大利亚来到还是婴儿的我这里,着实经历了十分漫长的接力。如果把在工厂制造火车和汽船的人都算上,都不知道有几千人还是几万人。许多人都和我紧紧相连,但我只认识家旁边卖奶粉的店铺的主人,其他人对我来说都是陌生人,他们也肯定不认识我。这让我觉得太奇怪了。

接下来,我又躺着思考起了屋里的东西:调暗的电灯、时钟、桌子、榻榻米,还有其他东西,一个接着一个。我发现所有东西都和奶粉一样,有数不清的人在背后密切相连,但我一个都不认识,完全想象不出他们的模样。

那天晚上,我还思考了很多其他问题,不知不觉就困得睡着了,忘了还想到些什么,只有这件事第二天还记得。我觉得这是一个发现,毕竟我从来没想过这种事。这么一想,发现所有东西都一样。不管是在去学校的路上还是到了学校之后,我看见东西就思考,结果都一样。与数不胜数的人紧密相连的,也并非只有我一个。我在教室里仔细思考了老师的西装和鞋,发现果然都一样——老师西装的源头是澳大利亚的羊。

所以,我认为,人类的分子在不知不觉间与众多陌生人像网一样关联在一起。我把这个发现叫作"人类分子的关系:网络法则"。

我把这一发现应用在许多事物上,检验它是不是有错。今天我注意到,沥青马路果然也一样。还有,在上数学课的时候,我一直在想老师的头发和胡须与理发师的关系,结果少见地遭到了老师的警告。不过为了这个新发现,挨骂我也可以忍耐。

我还想多写一些,但妈妈让我睡觉了,所以报告就此结束。舅舅,你可是第一个知道我的这一发现的人。

人与人之间的联结
——另外,什么是真正的发现?

小哥白尼:

谢谢你将你的发现第一个告诉我。我想尽快回信,但明天我准备去你家,所以到时候见了面再说吧。在那之前,我要先把读过你来信后想到的事情写在这个笔记本上。当你将来读到它时,会再次想起这次的发现,思考我说的话。

我读了信后深感佩服,这可不是客套话。你能独立思考到那种程度,确实很了不起。我在你这么大时,可是连想都没想过。认真思考类似你发现的事,是在我进入高中之后,而且还是因为课本上有这样的内容。

但是,我希望你能继续思考一些事,接下来我就选其中的一两点告诉小哥白尼老师。

你在信里说,希望我能想出比"人类分子的关系:网络法则"更好的名字。我知道一个,但不是我想出来的,而是如今经济学和社会学中使用的,即学者口中的"生产关系"——人类为了生存,需要各种各样的东西,为此必须使用自然界中的各种材料去制造。即便有些自然界中的东西可以拿来直接穿着、食用,也还是需要狩猎、捕鱼、开山等劳作。从完全没有开化的时代起,人们时而协作时而分工,在劳动中发展到今天,唯有这么做,才能生存下去。学者把人类的这种关系称为生产关系。

最初,人类在地球上的不同角落组成数量极少的聚落一起生活,这类分工协作也只在狭窄的范围内进行。在那个时代,什么样的人费力生产了自己所需的食物和衣着,是能够看得一清二楚的。大家恐怕都互相认识,生产出的也都只是简单的物品。而在狩猎或捕鱼时,一定是全体上阵,所以不用想太多就能明白,自己有东西吃、有衣服穿应该感谢谁。

在这个过程中,小聚落的成员间开始交换物品,结成婚姻关系,人类的共同生活圈渐渐扩大,聚落也得到扩张,最终建立了国家。这时,协作与分工的规模已十分庞大,其中的关系变得复杂,不可能知道参与生产自己食物和衣服的人究竟是谁,生产的一方也不知道制作的东西会给谁吃、给谁穿。人们只是通过劳动生产出各种物品,由此换得自己和家人的生活必需品或是购买必需品所需的金钱,这是人们从事生产劳动的目的。无论使用者是谁,对生产者来说都没有影响。

后来，时代进一步发展，商业逐渐繁荣，国家之间出现贸易行为，人与人之间的关系越发复杂。例如，中国的农民想要赚钱，于是养蚕制丝出售，被卖掉的蚕丝最终成了罗马贵族的衣服。这样一来，就不光需要许多人生产物品，还需要许多人一起协助劳动、运送物品，于是出现了多种分工。世界各地就像这样逐渐相连，最终织成了今天这样一张网。

如今，日本的制丝公司生产生丝，纺织公司生产棉布，都不是为了保证日本人不缺丝绸或棉布，也不是为了将多余的产品卖到国外。从一开始，他们就是为了在外国市场出售才进行大规模生产，是以世界上全人类的关联为基础劳作的。印度和中国的数亿人都需要日本的棉布和日用品，而对于日本人来说，没有澳大利亚的羊毛和美国的石油就会很不方便。

因此,为了获得生活必需品,人们不断劳作,在漫长的过程中不知不觉结成了绵密的网。你也注意到了,在你和不认识的人之间早已结成了密不可分的关系。没有任何人能脱离这种关系。当然,这世上有很多什么都不生产的人,但他们也生活在网络中,与这张网结成了特别的关系。只要活着,就不可能有一天不穿不吃,总会想办法和这张网联结起来。有些人不工作也能活下去,他们也和这张网结成了某种特别的关系。世界上相距遥远的国家的居民之间究竟有多么密切的联系,我会找机会再讲,总之,学者把我说的人类之间的这种关系称为生产关系,即你因奶粉而注意到的这一关系。

等你长大后,在必修课中应该会学到经济学和社会学,它们从人类的生存方式出发,涉及多方面的研究,例如生产关系随着时代发展是怎样变化的、产生了怎样的风俗习惯、如今是根据怎样的法则来运转的,而你所说的发现是一切研究的出发点,早已为人所知。

这么一说,你一定会非常失望。好不容易发现的事情原来大家早就知道了,或许你会觉得无聊。但是,小哥白尼,千万不要失望。在没有任何人引导的情况下,你就能发现到这种程度,这很了不起。即使这是某些领域早已明确的内容,我还是对你感到由衷佩服。你在这个年纪能思考这么多,真的很不容易。

但是，我还希望你去思考，究竟什么样的发现才真正对人类有益、能受到世人尊敬。它必须具备如下特质：不仅是你第一次知道，更要是全人类第一次知道。

无论是谁，个人经验总是有限的。人类拥有语言，因此可以将自己的经验分享给他人，也可以倾听了解他人的经验。而且人类发明了文字，可以通过书籍互相传递经验，并对比不同的人在不同场合的经验，从各方面汇总。这样尽可能多方面地汇总经验，以不冲突的方式整合在一起，就是做学问。可以说，各种学问都是将人类至今为止的经验汇总起来形成的。人们从前一个时代继承经验，在此基础上再积累新的经验，才能从与野兽无异的状态进化到今天。如果每个人都像猿猴一样重新再来一遍，就永远都会和猿猴一样，绝对无法达到今天的文明。

因此我们要尽可能钻研学问，从人类积累至今的经验中获得知识，否则耗费再大的精力也没用。在此基础上，竭尽全力解决人类发展至今仍然无法解决的问题，在这样的条件下产生的发现，才是人类真正的发现，才能被称为伟大。

我想你已经明白了学习的必要性，不需要我再多说什么了。如果想获得伟大的发现，首要任务就是拼命学习，登上这个时代的学问顶峰，然后在顶峰上工作。

但是，为了在顶峰上工作，为了登上顶峰，小哥白尼，你要牢记，不能丢失你半夜醒来后对疑问穷追不舍的精神。

最后一点——

想一想让你生存下去的各种必需品，你就会发现，有无数人正在为此付出劳动。站在你的角度来看，他们都是你一无所知的人。你说，这样的情形让你感到奇怪。

世界广阔，我们当然不可能认识所有人。但是，你竟不认识为了你的衣、食、住和生活必需品而尽力劳作的人们，这一点确实如你所说，非常奇怪。

虽然你觉得非常奇怪，但是很遗憾，在当今世界，这就是事实。人类彼此交织形成绵密的网，包裹起整个地球，但这种联系远称不上是真正的人类关系。所以，人类一方面进步至此，一方面仍然纷争不断。法院里没有一天不发生因金钱而产生的诉讼，国家之间也一样，出现利益冲突后，不惜动用战争手段。你发现的"人类分子的关系"正如字面展现的那样，仍然像物质分子之间的关系一样，并没有变成有人情味的关系。

小哥白尼，不用我说你也知道，人类不能失去人情味。人类生存在没有人情味的关系中，是一件非常遗憾的事。即使是陌生人，也应该建立有人情味的关系。当然，我并不是让你立刻就要去做什么，只是随着你不断成长，我希望你能认真思考这件事，因为这是人类发展至今仍未解决的问题之一。

那么，真正有人情味的关系，究竟是什么样的呢？

你母亲无论为你做什么都不求回报，她为你全身心投入就能获得身为人母的喜悦。同样地，如果你能为关系亲密的朋友做些什么，仅凭这一点不就已经足够高兴了吗？人们彼此倾尽好意并为此而喜悦，再没有什么比这更美好的事了，这就是真正有人情味的关系。小哥白尼，你是不是也这么想呢？

第四章

贫穷的朋友

运动场上开始每天吹着冷风，棒球季结束了，大家开始热热闹闹地踢足球。冬天终于来了。

十二月初，暖洋洋的日子持续了四五天，如若靠在朝南的教室外墙上晒太阳，不觉间就会陷入昏昏欲睡的状态。本以为这种天气能持续十天，寒冷的日子却突然到来。一天又一天，旧棉花一样的云层覆盖着天空，寒冷彻骨，离看雪的日子也不远了，第二学期期末考试已近在眼前。

教室里点起了暖炉，一从寒冷的运动场进入教室，温暖的空气便会扑面而来。当身体渐渐温暖，就是睡意袭来的时候！不光是浦川，谁都会不由得打起盹儿来。当然，浦川打瞌睡的程度最引人注目。他脑袋不由自主地向前一栽，把自己吓一跳，赶紧抬起头来，这经常吸引小哥白尼的目光。

爱打瞌睡的浦川不知怎的已经连续缺席两三天了，往日他浑圆的后背所在的地方如今空空荡荡的。小哥白尼莫名地担心起来。到了第四天、第五天，浦川仍没出现。

也许是感冒了，小哥白尼想。如果班上同学请假超过三天，好友一般都会前去探望，了解情况，可浦川没有这样的朋友。察觉到这点后，小哥白尼突然想去探望浦川。

星期六下午放学后，北见冲到小哥白尼身旁，叫他一起去踢足球。

"我说，今天可不能输给乙班那些家伙，上次也不该输的。"

北见干劲十足，但小哥白尼一心想着要去浦川家看看，没有像往常一样回答"嗯，好好踢一场吧"，而是说："我今天有点事。"

北见一副遗憾的样子，不断说着："一起吧，没有你就太无聊了。"小哥白尼有些犹豫，可最终还是果断地和北见道了别，独自一人离开学校，前往浦川家。

天空澄澈晴朗。这是个寒冷的下午，在洒落的阳光中，风呼呼地吹着。

在小石川的一座大型寺庙前下电车，来到新修的大街上，向右登上坡道，就能看到一片开阔的墓地。顺着墓地前的坡道下去后往左拐，终于看到一条汽车能勉强通过的脏兮兮的窄路，据说浦川家就在窄路右侧。小哥白尼的父亲就安葬在坡道上方的墓地，因此他来过这一带好几次，但还是第一次走这条狭窄的小路。

鱼店、果蔬店、烤红薯店、米店、粗粮点心店……狭窄的小路两旁鳞次栉比地排列着门面只有两三米宽的小店。店面房檐低矮，成年人抬手就能碰到，店内光线昏暗，又都是连排的狭长二层小楼，往来其间更显昏暗。小哥白尼觉得就像走进了隧道。街道上很热闹：系着围裙的老板娘和把孩子绑在背上的女人穿梭往来，穿橡胶长靴的年轻人骑着自行车飞驰而过，浑身污渍的孩子们玩着打仗游戏冲到路上……嘈杂的空气中飘荡着奇怪的气味。

小哥白尼边走边留意着右侧。肉店门口，胖胖的店主系着脏兮兮的围裙，一个劲儿地炸着什么，店面垂下的纸上写着"炸肉排十钱[①]""可乐饼七钱"；相邻的鲷鱼烧店正在制作鲷鱼烧，店前围满了孩子；再往前是一家豆腐店，招牌上用油漆写了"相模屋"三个大字，正是浦川的家。

店门口站着两三个老板娘模样的人。小哥白尼不知道该找什么理由进店，只好在她们身后站了一会儿。

店里迎客的是个身形健壮的老板娘，大约刚过四十岁，用梳子卷着发髻，同样也系着围裙，袖子撸到胳膊肘上方。这条街上到处都有人穿围裙。老板娘的围裙紧紧地裹在身上，看起来就要撑破了。她面色红润，长得很敦实，就像个相扑力士。

"好嘞，冷豆腐一块！"老板娘以男人般洪亮的声音喊了一声，把豆腐放入蓝色的锅里，递了过来。

[①]日本1871年至1953年间的货币单位之一，100钱为1日元。

站在小哥白尼前方的老婆婆接过锅，用包袱皮一裹，看起来很冷似的弓着背走出店门。

"下一个，炸豆片两块，好嘞！"老板娘声音洪亮地喊了一声，把东西夹在报纸中递出，从年轻女人手里接过铜钱。或许是小哥白尼的身影吸引了她的目光，她将铜钱哗啦哗啦放入钱盒，突然招呼道："那边的小伙子，有什么事吗？"

洪亮的声音出其不意地袭来，小哥白尼慌忙回道："那个……请问，浦川在吗？"

老板娘有点吃惊,低头看着小哥白尼,随后恍然大悟,使劲点了点头。

"啊,你是我家阿留的朋友,对吧?我还以为是哪家派来跑腿的小伙子呢。嗯,嗯,他在。"老板娘转向店铺里面,大声喊道:"阿留,你朋友来了哟!"

在店铺深处的昏暗中,有人正背对着这边工作。听到老板娘的声音,那个身影吓了一跳似的转过身来。正是浦川。

"啊,是本田啊。"浦川说着走了出来。

看到浦川的模样,小哥白尼哑然失语。这条街上穿围裙的人是多,但没想到连浦川也系着围裙,这到底是怎么回事?看着浦川围裙下方露出熟悉的肥裤子,脚上穿着木底草鞋,手拿长竹筷站在那里,小哥白尼不禁睁圆了眼睛。"你不是生病了吗?"

浦川扭扭捏捏的,没有回应。老板娘代他答道:"他没生病,是店里的年轻伙计得了感冒。他爸不在家,人手不够,就让他留在店里帮忙了。不过因为太忙了,写的假条还没来得及送到学校……没想到你还专程找过来了啊。来、来,快进屋吧。"

小哥白尼和浦川走进店铺,坐在穿脱鞋子的台阶上。老板娘"嘿哟"一声,把黄铜火盆拉到小哥白尼身旁,倒好茶水。但她没法就此歇口气,又有客人来了。

和浦川并肩而坐,小哥白尼不知道该说什么,只能边吹气边喝茶。浦川也扭扭捏捏的，片刻后终于难以启齿般说道："你等一下啊，还有些没炸好……"说着便站了起来。

店铺一角有口大灶，热油正在铁锅里翻滚。

"马上就好，只要把这些炸了就行——"浦川用竹筷指了指旁边的台子，那里放着四五片切得薄薄的豆腐。他小心翼翼地把豆腐轻轻滑入锅中，一炸好便用竹筷夹出。

小哥白尼这才明白，炸豆片原来是指油炸豆腐片。

"不趁现在炸好，就赶不上傍晚拿去卖了。"浦川盯着油锅说道，随后熟练地用长长的竹筷夹起炸透的豆腐，甩了甩油花，啪的一下扔到旁边的铁丝网上。在等待下一片豆腐炸好的间隙，他用筷子尖飞快地把堆在铁丝网上的豆腐横向叠放在一起，并

不时用筷子中段啪啪敲击。炸好的豆腐排得整整齐齐。

啊！小哥白尼心中响起感叹的声音。在运动方面笨手笨脚的浦川竟然能如此灵巧地使用长筷子，这是小哥白尼从不知道的。站在油锅前的浦川是个地地道道的生意人，简直就像有五六年联赛经验的投手站在投手板上时一样，已经毫不怯场。"啊！"他的感叹终于脱口而出，"你真厉害啊！"

浦川害羞中带着些许得意，露出了别样的笑脸。

"你练习了多长时间？"小哥白尼问。

"练习？"

"你真熟练啊。"

"我可从没练习过，只是经常帮我妈罢了。你看，如果一片没炸好，就要损失三钱，我自然得努力去炸……"把剩下的四五片豆腐炸好后，浦川唤道："妈，炸好了。"

"是吗？辛苦了，辛苦了。"壮硕的老板娘一路小跑过来，隔着湿抹布猛地将锅端了下来。

真是有力气啊，小哥白尼再次在心中感叹。

浦川摘掉围裙，用一旁的报纸擦了擦手。小哥白尼熟悉的浦川回来了。

"阿留，你有很多想问的事吧？带朋友去你房间吧。"老板娘对浦川说。看到浦川再次扭捏起来，她朗声对小哥白尼道："小伙子，还请你多跟他讲讲，这孩子很惦记学校的事呢……我家又脏又乱，真不好意思，但偶尔看看这样的家庭也不错。快，阿留，赶紧带路！你看那些漂亮整洁的屋子应该都看厌了吧？"

浦川和小哥白尼走进屋内，爬上嘎吱嘎吱作响的梯子，来到浦川学习的房间。

这是一间朝北的简陋小屋，有三叠①大。

不到两米高的窗户镶嵌着磨砂玻璃，只有最上方的玻璃是透明的，从那里可以望见如钢一般冷冽的冬日晴空。窗外传来风的沉吟，玻璃咔嗒咔嗒震个不停。

窗前的小桌上放着浦川的书、笔记本和书包。两人在旁边铺上单薄的坐垫，面对面坐下，围着陶制火盆从两侧齐刷刷地伸出手来。浦川的手上满是冻疮，食指关节上有处明显的皲裂。

"期末考试从什么时候开始？"浦川问道。

"从十七号开始。"

"已经公布日程安排了吗？"

"没，还没有，但是大家都说下个星期一就会知道了。"

浦川一脸忧心忡忡的表情。"英语学到多少页了？"

"第十六课学完了。"

"数学呢？"

"从今天开始学比例了。"

语文呢？历史呢？地理呢？博物呢？浦川急切地询问着在他请假期间每一科的进度。小哥白尼翻开浦川的教科书，依次

---

① 日本计量房屋面积的单位，1叠约为1.62平方米。

告诉了他。浦川一边做记号,一边反复确认页数。

看到浦川那么担心,小哥白尼很同情他。"没关系,你只休息了五天,很快就能赶上的。"

"是吗?但白天我完全没时间,一到晚上就困了……"

"现在学的内容很容易,稍微一学就懂了。"

"那是因为你聪明。"浦川落寞地笑了。

平时,浦川也会在天还没亮的时候就起床,帮家人做一会儿豆腐后再急急忙忙跑去学校,所以一到中午,他便难挡睡意的侵袭,不觉间就在教室里打起盹儿来。而如今,父亲离家在外,店里的伙计病了,为了和母亲一起带着刚来不久还不熟练的年轻伙计把豆腐店经营下去,浦川必须承担比平时多两倍的工作。虽然他是个孩子,没什么力气,但知道工作流程,要指导刚来的年轻伙计就得靠他。只是一想到考试临近,学业落下,可怜的他便坐卧不宁。

"你什么时候才能回学校上课?"小哥白尼也担心起来。

"只要我爸回来,立刻就能去。"

"你爸爸暂时回不来吗?"

"我不知道,按说前天就该回来了。"

小哥白尼询问浦川的父亲到底去了哪里、又为什么会推迟归期,浦川语气沉重地缓缓道来。

据浦川说,他父亲是回山形县农村的老家了,那里也是他母亲的故乡,至今还有许多伯父伯母之类的亲戚住在那里。浦川家的店名是相模屋,老家却在山形县,这让小哥白尼觉得很奇怪。①浦川说,他父亲开始独立开店时,沿用了曾经工作的地点的店名。

父亲去办事,其实是去筹钱。浦川并不知道具体要筹多少,也不明白为什么需要这笔钱。总之,父亲眼下急需用钱,所以才远赴积雪厚重的山形县乡下,与伯父们商议。他久久未能归来,肯定是因为钱迟迟无法筹到。浦川知道的只有这些,正因如此,他的不安也更深一层。明明还是个孩子,浦川的脸却在说话间像大人一样渐渐笼上了阴霾。

"你别把这事告诉别人啊!我妈也以为我不知道呢。"浦川小声说,"在我爸出发的前一晚,我半夜醒了,听到了他们在说刚才那些事。"

小哥白尼不知道该怎么安慰浦川,心中有着无法言喻的沉重。从出生到现在,他还从未有过这种喘不上气的感觉。就算同情浦川,又能怎么办?浦川为此忧心忡忡,说什么话才合适呢?小哥白尼默默地盯着火盆中的炭火。玻璃窗咔嗒咔嗒地震动,不绝的风声在窗外呻吟,在他听来遥远又猛烈。

"千万不要告诉任何人啊。"停顿了片刻,浦川说道。

"嗯,我不会说的。"小哥白尼如释重负般回答。如果这个回答多少能抚慰浦川,那么也能拯救小哥白尼。他不知不觉间振奋起来。"不会说的,一定不说!我可以和你拉钩。"小哥白

---

① 相模为日本古地名,位于神奈川县。

尼说着，伸出了翘起小指的手。他觉得只要能让浦川高兴，做出什么样的约定都可以。

浦川那生着冻疮的通红小指钩住了小哥白尼的小指，两个人用力一拉。在那一瞬间，小哥白尼也好，浦川也好，都显得有些严肃，尤其是浦川，他一直忍受着手指上冻疮的疼痛，双唇紧闭。松开小指后，两人不由得朝对方笑了。

浦川脸上洋溢着对小哥白尼的信任。

这时，从两米开外的对面房间里传来无力的咳嗽声。

"对了对了，我得去看看阿吉……"浦川喃喃道，"阿吉是我家的年轻伙计，他感冒了，我去看一眼。"

浦川说着正要站起来，拉门突然打开了，一个六岁左右的小男孩出现在那里。在他身后，一个大概读小学五六年级的女孩恭恭敬敬地端着放有点心盘和茶水的托盘。男孩穿着长袖毛衣和毛裤，圆圆的小脸长得和浦川一模一样，一双眼睛小小的，仿佛脸上的两条缝，他的脸颊、手和毛衣都脏得让人看不下去。小女孩背上绑着一个婴儿，她也穿着一身毛线装。

小男孩愣愣地上下打量着小哥白尼。小女孩恭敬地端着托盘，安静地走进屋来。她一定在想，要好好展示在学校学到的礼仪。她出奇镇定，一步一步向前，宛如上台领奖的学生代表般来到小哥白尼面前，跪坐下后，周到地行了个礼，端出托盘，又再次行了个礼。托盘上的点心盘里放着鲷鱼烧，还呼呼冒着热气。

"这是你妹妹?"小哥白尼问浦川。

"嗯,那个是我弟弟。"

浦川的妹妹站起身,缓缓转向右方,正要静悄悄地离开,突然停下脚步看着弟弟。"小文,你在干什么?"她喊道,"不可以!真没礼貌,快来这边!"

小男孩不知何时已经进入屋中,一动不动地盯着鲷鱼烧,似乎没有听进姐姐的话。

"到这边来啊,真是个讨厌的家伙。"

小女孩说着就要去拉弟弟,小文却挥开姐姐的手,继续贼头贼脑地盯着鲷鱼烧。

小哥白尼从点心盘里拿起一块鲷鱼烧递给小男孩,小男孩

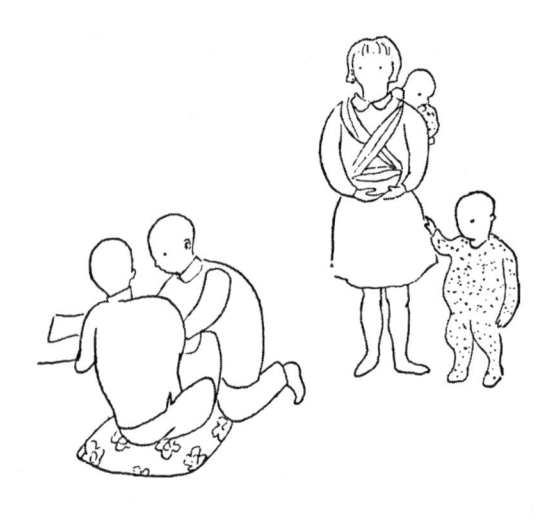

瞥了小哥白尼一眼，默默地接过，立刻送到嘴边。

姐姐已经怒气冲天了。"真是讨厌，一点儿礼貌都不懂！我要去告诉妈妈。"她说着便拉起小文的手，使劲往房间外面拽。小文的腮帮已经被鲷鱼烧塞得鼓鼓囊囊了。

"我妹妹是班长呢，在学校里可比我能干。"浦川说道。说罢，两人吃起了鲷鱼烧。这是小哥白尼第一次吃鲷鱼烧，他母亲从来没有给他吃过这种粗糙的点心，总是和他说这种东西会吃坏肚子。小哥白尼本来也没想过要吃，但是实际一尝，不知是不是因为肚子饿了，竟然觉得很好吃。

咳、咳。无力的咳嗽声再次传来。

"啊，对了，我还说要去看阿吉呢……"浦川把吃了一半的鲷鱼烧放在托盘里，朝小哥白尼说了声抱歉，便出去了。

没过一会儿，病人休息的房间传来隐隐约约的对话声。

"……不是吗？没关系。"是浦川的声音。什么没关系？小哥白尼听不清对方的声音。

"……好了，快睡吧。我……"

浦川似乎在不停地劝病人休息。拉门打开的声音响起，浦川开始在走廊的一角叮叮当当地做起了什么。小哥白尼起身打开门，循声望去。

昏暗的走廊角落里，浦川正蹲在地上，使劲用锥子凿开洗手池里的冰块。在他脚边有一个冰袋，里边原有的冰已经全部融化。原来浦川在为生病的阿吉更换冰袋里的冰。

"我回去了。"

小哥白尼说出这句话是在下午三点的时候。在这之前，除了刚才的约定外，小哥白尼还主动提出下个星期三会再来一次浦川家，为他辅导英语和数学不懂的地方，还会依次把自己的笔记借给他复习备考。浦川为了答谢，准备下次让小哥白尼操作发动机。店里墙边有半坪①空地，放着研磨豆子的机器，通常以发动机为动力，通过皮带让石臼咕噜咕噜转动。小哥白尼当然格外感激，他只有在百货商场买的玩具发动机，和真东西没法比。

"哎呀！要回去了吗？"浦川的母亲仍然站在店门口迎客，看到小哥白尼准备回去，她再次用爽朗的声音招呼，"也没能招待你什么，但请别嫌弃，还请再来啊。我家阿留扭扭捏捏的，看着让人牙痒痒，个性不像你那么大方稳重，不过今天可是高兴坏了呢——喂，阿留，没错吧？"

浦川腼腆地笑着点了点头，他不知道，更大的喜悦没过一分钟就要来了。

浦川刚要送小哥白尼出门，一辆红色自行车仿佛小鸟从天空飞来似的在店门口停下了，骑车的青年飞身跳下。

"浦川太太，电报！"

不用说，正是去山形县的父亲发来的电报，浦川立刻就想

---

① 日本计量面积的单位，1坪约为3.3平方米。

到了这点，迫切地紧盯着打开电报阅读的母亲，从她的表情判断消息是好是坏。到底会是什么表情——连小哥白尼都和浦川一起，热切地注视着浦川母亲丰润的脸。

眉头微皱的老板娘一读完电报，立刻莞尔一笑。二人呼地松了口气，老板娘脸上也露出了安心的表情。

"阿留，你爸今晚就要回来了哟。看——"说着，她把电报递给浦川。

电报上用浅紫色的字这样写着：

事妥夜归

小哥白尼和浦川来到外面。站在狭窄的小路上，可以瞥见上方的蓝天，冷风依旧嗖嗖地掠过屋顶。他们肩并着肩，沿着隧道般的窄路穿过人群，向着电车轨道的方向走去。

浦川已经是一副对往来行人视若无睹的样子了。"看来事情谈妥了。"他压低声音说。

"应该是你伯伯答应了吧？"

"应该是。"

"肯定是啊。"

"嗯，一定是那样的。"

二人说话间兴奋起来。

这样一来，浦川不用再担心，也能去学校了。他有多欣喜，从跳跃般的步伐中就能感觉出来。虽然去学校会遭遇欺负和蔑视，但他对能上学一事仍然感到如此高兴。

来到窄路与大路相交的街角，两人道别了。

"那，再见了……"

浦川依依不舍地说完后，回到四处都有人穿围裙的窄路。小哥白尼快步走在寒风吹过的大街上，时而低头避风。不知为什么，他觉得必须快步走起来。

第二周的星期三，小哥白尼如约再次去了浦川家。当天的

故事太长了，我们就此省略。总之浦川补回了落下的课程，安下心来，小哥白尼亲自操作了发动机，非常满足。看到小哥白尼满意地看着发动机轰轰转动，浦川的母亲——那个胖胖的老板娘两手叉腰，双肘朝外，非常感动。

我家孩子和这个小伙子真是不一样啊！她肯定是这么想的。

回到家已不早了，小哥白尼吃完晚饭已经八点了，可他仍然去了舅舅家。

舅舅坐在被炉桌旁，在低垂的电灯下读晚报。小哥白尼刚把脚伸进被炉桌，立刻得意地说："舅舅，我今天操作发动机了！"

"发动机？你是说玩具吗？"

"别小看我啊，我操作了实实在在的发动机。"

"噢，真厉害啊！到底是什么发动机？"

小哥白尼觉得如果回答"其实是豆腐店的发动机"实在难为情，一时沉默下来。

舅舅再次问道："是去了哪里的工厂吗？"

"嗯。"

"什么工厂？"

"一家食品制造工厂！"小哥白尼煞有介事地说。

"什么食品？"

"那是——嗯，首先以大豆为原料……"

"然后呢?"

"然后煮……"

"接下来呢?"

"把它磨碎……"

听到这里,舅舅忍不住笑了,他打断小哥白尼,自己接着往下说道:"然后放入蒸笼蒸好,切成厚两厘米、长十四五厘米、宽七厘米的方块……入水冷却后,一块卖五钱……对吧?"

"真是的,被你猜中了。"小哥白尼挠了挠头。

舅舅笑出了声,但很快便恢复了认真的表情。"你去浦川家了?"他问。

小哥白尼给舅舅讲了前后两次去浦川家的情形。对他来说,在浦川家的一切见闻都很新奇,他很乐意分享给舅舅听。

"浦川和那位阿姨都相当厉害,简直就像相扑选手一样。'嘿哟'一声,就能一个人把盛满油的大锅端起来。那位阿姨肯定比舅舅还有力气。"

"啊,那可不得了。要是稀里糊涂就去浦川家,会被轰出去吧?"

"不会,只要不做坏事就没关系。他们可热情了呢,我很喜欢。"

接下来,小哥白尼详细描述了浦川家的样子,讲了浦川的事,唯独没提浦川的父亲曾去山形县筹钱一事。他严格地遵守了约定。

听完小哥白尼的讲述，舅舅说道："你们和浦川真是方方面面都不一样啊，他融入不了你们的圈子也是没办法的事——对了，小哥白尼，有件事我希望你好好想想。"

"什么事？"

"你们和浦川最大的不同是什么呢？"

"这个嘛……"小哥白尼露出些许困惑的表情，犹豫片刻后有些难以启齿地说道，"应该是——浦川家很穷，而我们家不是那样的。"

"的确是这样。"舅舅点点头，继续问："但我说的不是家庭的差异。浦川这个人与你们有什么不同呢？"

"这……"小哥白尼不知道该怎么回答了。

这时，时钟指向九点半，当地响了一声。小哥白尼明天还要上学，不能睡得太晚，于是他们的聊天就此结束，他赶紧回家了。

然而，舅舅最后提了一个相当重要的问题，让我们看看他的笔记本上究竟写了什么吧。当天晚上，小哥白尼回家后，舅舅全心投入地在笔记本上写了又写。

生而为人
——关于贫穷

一

小哥白尼：

你热情地为浦川做了那么多事，真的非常好。平时在学校总受排挤的浦川能意外地收到你的好意，该是多么高兴啊！而你的好意竟然能让一个贫穷孤独的朋友那么欣喜，我想你也会因此感到愉快。而且你还发现，大家都瞧不起的浦川竟然会为他人着想，拥有一颗让人不由得肃然起敬的美丽心灵，甚至让人想不通为何有人要排挤他，这对你来说真是宝贵的经验。听你讲述时，我发现，你做的事和说的话都没有表现出丝毫高人一等的样子，这让我十分佩服。大概是因为你和浦川都拥有率真的好品格吧。如果浦川是个装模作样的少年，那么也许连你都会觉得"什么啊，明明成绩不好还自以为是"。可能你不会说出口,却在心里想"这么穷还装模作样"。你没有这样想,原因之一就在于浦川率真而温柔。反过来说,如果你因为学习成绩好而趾高气扬,瞧不起贫穷的浦川,带着高人一等的态度帮助他,我想即使他再老实,也不会乐于接受你的好意。你们彼此都没有这种态度,让我实在欣喜不已。尤其是你完全没有因浦川贫穷而看不起他,我真的为此感到高兴。

小哥白尼,随着你长大成人,你会渐渐知道:贫穷的人在生活中基本上都很自卑。褴褛的衣衫、脏乱的家,还有每天简单的食物,都很容易就让他们无地自容。当然,也有生来贫穷但依然很自信的高尚人士,但在这世上,很多人都会在有钱人面前完全抬不起头来,好像自己低人一等,只会胡乱点头哈腰。这种人自然得不到别人的尊重,倒不是因为他们没钱,而是因为他们卑怯的性格,受人蔑视也没办法。但是,小哥白尼,就算是自尊心很强的人,一旦陷入贫穷,也会因某些事而感到自卑,这是人之常情。所以,我们不要忘记时时谨言慎行,以免让他们感到自卑。对于人来说,再没有什么比自尊心受伤更糟糕的体验了。贫穷的人常会有那样糟糕的体验,因此千万不能在无意中伤害他们容易受伤的自尊心。

从道理上说,就算贫穷,也不应该因此而自卑。人真正的价值并不存在于穿着、住宅和食物中。无论穿着多么名贵的衣服、住着多么奢华的宅邸,笨蛋就是笨蛋,小人就是小人,作为人的价值不会因此而提高。若是心灵高洁、博学多闻的人,即使贫穷，也是值得尊敬的、了不起的人。因此，若人对自己拥有的价值抱有真正的自信，那么无论境遇如何，都可以生活得心如止水。作为人，在贫穷的境况中不该看低自己，在富裕的生活中也不要自以为是。自始至终，我们都必须着眼于自己作为人的价值。如果还因贫穷而自卑，就证明作为人还远未合格。

但即便经常要求自己必须这样想，也不能不顾及贫穷境遇中的人容易受伤的心。小哥白尼，除非你也和贫穷的人处于相同的境地，尝遍贫穷的艰辛困苦，仍然能不失自信，堂堂立于人世之中，否则你没有任何资格去伤害贫穷的人。你要牢记这一点。若你因富裕的家境多少产生了傲慢之气，对穷人抱有轻蔑之心，那你反而会遭人嘲笑。不懂生而为人真正重要的事，才会被视为可怜的傻瓜。

你去了浦川家，一点儿都没有高人一等的样子，如今的你心中毫无蔑视穷人的想法，这一点我很清楚。但是，你还不明白，能把这样的想法一直保持到成年是多么重要。我想借此机会让你知道它的重要性。当你越了解这个世界的真相，这件事就会越重要。应该说，想了解这个世界的真相，就不能失去这种态度。听好了，你要牢记：当今世界上的大多数人都是穷人。在我们这个时代，大多数人都无法过上有尊严的生活，这是比任何事情都重大的问题。

二

你去过浦川家，知道了他与你们的区别，他的家境没有你们的好。在这世上，还有人连浦川那样的家也没有，而且这样的人多得让人吃惊。在他们看来，浦川家还远远算不上贫穷。听到这里，想必你会非常惊讶吧？

你可以想想给浦川家干活的年轻人。他们日夜劳作，希望若干年后能开个像浦川家那样的店。浦川家虽说贫穷，好歹也能供儿子上中学，而那些年轻的伙计只念了小学就被迫辍学了。浦川一家人尚且有能力购置做豆腐的机器，大量买入作为原料的大豆，雇用年轻伙计，经营家庭作坊并以此为生，而年轻伙计除了付出劳力外，没有任何维持生计的本钱，只能整天卖力工作，以此为生。

这些人万一得了不治之症，或是受了重伤无法继续工作，他们的生活会变成什么样呢？对于仅靠劳力生存的人来说，无法继续工作就等于被逼至饿死。遗憾的是，如今这世上，最怕身体垮掉的人正生活在身体最容易垮掉的境遇中：营养不足的食物、肮脏的住所、日复一日的工作……对他们来说，连希望能消除当天的疲劳都是奢侈的。一天又一天，他们就像被追赶般不断工作。

去年夏天，你、你母亲和我一起去房州，火车刚驶离两国站时，能从高架桥上俯瞰本所区和城东区一带的土地，那里大小各异的烟囱林立，呼呼吐出烟雾，不知你是否还记得。那天很热，在让人感到头晕眼花的夏日天空下，屋顶排列得密密麻麻，毫无缝隙，无数烟囱从中突起，一直绵延到遥远的地平线。热风从烟囱上方吹过，吹进了车厢里。一离开两国，你就说想吃冰激凌。你有没有想过，在我们无法忍受东京的暑热而前往房州避暑时，在那不计其数的烟囱下面，正有数百名劳动者汗流浃背地在飞扬的尘土中工作。火车开出东京市区，当开阔的稻田出现在视野中时，我们终于感受到了凉爽的风，舒了口气。然而，仔细一想，就连那些绿油油的稻田，都是无法去避暑的百姓辛苦耕种的。从火车车窗向外一看，稻田里有许多农民，其中甚至还有女人，正站在齐腰深的水中认真除草。

世上有那样的人，无论在日本的什么地方，无论在世界的什么地方，他们都占据了人口的大多数。他们在日常生活中究竟要忍受多少不自由啊！生活中什么都缺，连生病都无法得到充分的治疗，更别说去学习让全人类引以为傲的学问和艺术，或是欣赏卓越的绘画和音乐。对于他们来说，这些都是无法实现的奢望。小哥白尼，你已经读了两本《人类完成了何等伟业》，应该知道那辉煌的历史：人类从与野兽无异的远古时代，历经数万年的漫长岁月，经过艰辛的努力，才终于发展出今天的文明。但是，人类努力的报酬并没有分享给每一个成员。

"那可不行。"你肯定会这么说。没错,这确实不对。既然生而为人,所有人就都必须活得像个人,世界应该是这样的。只要有诚恳善良的心,都会这样想。但令人遗憾的是,时至今日,人类社会还没有发展到那个程度。人类确实进步了,但还没能达到那种境界。这是我们今后要面对的问题。

因为存在贫困,这世上发生过很多痛苦的事,有很多人陷入不幸,人与人之间产生了很多顽固难除的纷争。你生活幸福,我不想说太多,但随着你慢慢长大,终有一天会了解。

为什么在文明如此进步的社会中,还有那样糟糕的情况呢?为什么我们无法消除世上的不幸呢?在你这个年纪,还难以完全理解。阅读《人生指南》的"社会"部分可以知其大概,不过等你再长大些,充分了解世界上各种复杂的关系,思想也渐渐成熟起来后,再去做出正确的判断也不迟。

希望现在的你能够明白,在这样的社会中,像你这样能够不受打扰地学习、随心地发展才能,是多么值得庆幸。小哥白尼,你要好好注意"值得庆幸"这句话!它一般用来表示"应该感谢的事"或"值得感谢",但它的原意是"这样的情况很难形成",是指不太常见的事。只有想到自己的幸福并不常见,我们才能抱有感激之心。因此,"值得庆幸"这句话等同于"应该感谢的事",表达出了感激的心情。环顾广阔的世界,再回顾一路走到现在的你,你拥有的难道不正如话中所说,是值得庆幸的吗?

即使同样小学毕业，也不是每个人都会和你们一样升入中学。即使同样在中学就读，也会有像浦川那样的家庭，孩子为了帮家里的忙不得不占用学习时间。而对于现在的你来说，没有任何事妨碍你学习，人类凭借数万年努力积累起来的知识，你都可以通过学习自由地获得。

这样一来，就算我不再继续说，你也已经明白了吧？像你这样被生活眷顾的人应该做些什么，应该怀着一颗怎样的心生活，就算我不说，你应该也明白。

我和你已过世的父亲、将一生希望寄托在你身上的母亲一样，发自内心祈祷，愿你能不断发挥才能，成为对社会真正有用的人！

拜托了，小哥白尼！

三

最后，我还要提出一个问题，请你认真思考。

通过"网络法则"，你已经了解到人类是如何联结在一起的。在艰苦环境中工作的人，与在相对轻松的环境中生活的我们，在日常生活中似乎完全没有交集，但实际上，我们通过剪不断的网被紧密交织在一起。因此，我们不能不在乎那些人，只考虑自己的幸福。不过，如果只把他们看作不幸的、可怜的、必须同情的人，那就大错特错了。小哥白尼，还有一件事情非常重要。

那些在贫困中长大、上完小学便开始靠体力为生的人即使成年后，掌握的知识也大多不及你。几何啊，代数啊，物理啊，这些只有中学才会教的知识，就算是其中最简单的部分，他们一般也一无所知，他们对于事物的偏好多半也不入流。如果只从这个角度看，你很容易认为自己比那些人更加优秀。但是，换个角度思考就会发现，他们才是扛着这个世界的人，远比你了不起。仔细想想，在人们生活的必需品中，有哪一个不是人类劳动的产物？就连学问、艺术这类高雅的工作中所需的东西，也都是那些人挥汗如雨地生产出来的。没有他们的劳动，就没有文明，也不会有社会的进步。

你自己又如何呢？你正在创造什么吗？你从这个社会接受了各种各样的东西，反过来又给予过它什么东西吗？不用多想就知道，你只是使用者，并没有创造过什么。一日三餐，点心，学习时使用的铅笔、墨水、钢笔、纸张……你还只是个中学生，每天就得消费这么多东西。衣服、鞋子、桌子、居住的房子，一段时间后会变得无法使用，这说明你在消耗它们。这么一看，你的生活可以说是消费专家的生活。

当然，任何人都不可能不吃不穿，只生产不消费的人是不存在的，而且生产本来就是为了最终转化成有用的消费，所以消费并不是坏事。但是，生产大于消费的人与不生产只消费的人相比，究竟哪一方更了不起、更重要？若是这么一问，就都清楚了。如果没有人生产物品，就不存在品味它们、享受它们的消费。为生产而付出的劳动让人活得像个人。不光是食物和衣服等物品，就连学问和艺术的世界也一样，主动创造的人远比被动接受的人重要。

千万不要忽视生产者和消费者的这一区别，一旦抱着这样的想法思考，你一定会惊讶地发现，在那些坐着豪车、住着豪宅、目中无人的人当中，有不少人毫无价值。你也一定会发现，被世人看不起的人中，有许多人都值得尊敬。

小哥白尼，这正是你们和浦川最大的不同。

浦川虽然还没有成年，但已经成为这个社会的生产者中出色的一员。他的衣服已经渗入了油炸豆腐片的味道，那是他的骄傲，而不是羞耻。

我这么一说，你或许会觉得我在责备你只消费不生产，但我绝对没有这个意思。你们还是中学生，正在为进入社会做准备，所以现在不生产也没关系。不过你们眼下都只是消费专家，必须懂得分寸。浦川为生活环境所迫才在家中帮忙，但他出色地承担起相应工作，没有表露出任何不快，你们应该对他心怀尊敬。如果有人对此嗤之以鼻，那真是不知好歹、大错特错。

请你将这些话牢记在心，在此基础上再思考另一件事——

如果从日常生活的必需品来考虑，你确实只在消费，没有进行任何生产，但是你尚未察觉你其实每天都在生产了不起的东西。那到底是什么呢？

小哥白尼，我故意不告诉你答案，请你自己寻找。不必着急，你只要牢记这个问题，未来能找到答案就好。千万不要问别人，就算从他们口中听到，也不会令你恍然大悟。重要的是自己去寻找，说不定明天你就会找到，但也可能直到成年都没有头绪。

但在我看来，我们既然生而为人，无论是谁，一生中都必须找到这个答案。

总之，请把这个问题刻在心里，时不时想起它，然后仔细思考。等到某一天，你一定会觉得当初认真思考是对的。

明白了吧？千万不要忘记啊！

第五章

拿破仑与四名少年

高轮一带的高地在冬季仍然树木茂盛，从高地可以远眺品川的海面，水谷家的大洋房就坐落在高地上。洋房周围环绕着铁栅栏，高耸的石板瓦屋顶上矗立着风向仪。这座明显留有明治余韵的古风洋房被庭院中的许多树包围，无论何时都静悄悄的。一月五日，小哥白尼来水谷家拜访，他已经有一段时间没来了。

这天，北见和浦川应该也会来。第二学期期末考试顺利结束，在公布完成绩开始放寒假的那天，水谷邀请三人一月五日去他家玩耍。小哥白尼自小学起就多次去过水谷家，但北见和浦川还是第一次。水谷邀请浦川，是因为他听了小哥白尼的讲述后，突然对浦川产生了好感。

说到第二学期期末考试的结果，小哥白尼依旧名列前茅，一度担心的浦川竟然比上学期成绩还好，尤其是英语成绩提高的幅度让他本人都惊讶不已，小哥白尼的帮助无疑起到了作用。

两人都心情愉悦地迎来了新年。对小哥白尼来说，这一天三个好友加上浦川相聚在一起是特别值得期待的事。在这个罕见的无风冬日，上午阳光明媚，小哥白尼微微冒汗地快步走向水谷家，周围都是门口立有巨大门松①的宅邸。

水谷家的粗壮门柱由石头垒成，门松比成年人还高，宛若仪仗兵持枪挺立在门前，门后的米槠苍郁参天。小哥白尼从树下绕过，经过铺满细沙的小径，来到建有门廊的气派玄关前。玄关前的圆形草坪上种着四五棵枝干粗壮的棕榈树，毛茸茸的树干交错缠绕，以奇特的姿势伸长树枝，沐浴着越过高大洋房的屋顶射来的阳光。

---

①按日本习俗，用绳索将松、竹、梅捆起来，竖在房门口或大门口的新年装饰物。

厚重的门扉平日里都会紧闭，玄关处往往一片寂静，这天大门微开，门前已经摆好了访客名片盘。

北见他们已经来了吗？小哥白尼边想边按下玄关的门铃。

一个面熟的寄宿生[①]走了出来，一看到小哥白尼，立刻说道："欢迎，大家都到齐了，正在等你。"

小哥白尼脱鞋时看了旁边一眼，漂亮的盆栽松树下，粗糙的高帮厚底鞋和足球鞋排列得整整齐齐。

小哥白尼跟在寄宿生身后，沿着铺有地毯、光线昏暗的走廊左转右绕。每次来水谷家，小哥白尼都会感叹房子的宽敞，琢磨这么多房间到底都用作什么。寄宿生一言不发地走在前面，小哥白尼只能默默地匆匆跟随。

水谷的房间位于号称新馆的另一栋建筑。这是水谷的父亲为儿女全新增建的明亮的钢筋混凝土建筑，每个房间都日照充足，让人感觉仿佛置身玻璃房。无论站在哪个房间，都能俯瞰开阔的品川湾。水谷的父亲在实业界堪称一方霸主，要说头衔，各大公司和银行的董事、监事、行长等等，十根手指都数不过来。他希望靠自己的财力尽可能让儿女过上幸福的生活。

寄宿生带着小哥白尼终于来到水谷的房间门前，咚咚地敲了敲门。

"请进，是哪位？"房间内传来女性悦耳的声音，小哥白

[①]寄食学生，住在同乡、前辈或有权势的人家里边看门边学习的青年。

尼对这个声音有印象。

打开门，明亮房间里穿黄色毛衣的身影立刻一动，转向小哥白尼。这个十七八岁、面容端丽的短发女孩是水谷的姐姐。水谷、北见和浦川端端正正地坐在床边，和煦的阳光从窗外射了进来。

"啊，小哥白尼？这么晚才到，还以为你不来了。"女孩说着请小哥白尼进屋，随后正式寒暄道："新年快乐。"

"新年快乐。"小哥白尼回答的时候有些吃惊——水谷的姐姐明明是女孩，却和小哥白尼他们一样穿着裤子。

水谷的姐姐没有理会小哥白尼一脸诧异的模样，若无其事地说道："好久不见了呢。小哥白尼，你还是那么小啊。"

"可别小看我。从去年到现在，我可是长高了五厘米还多呢！"小哥白尼不甘地抗议，"胜子姐姐也不算高啊。"

"真可怜！我可是班里第九高的，不像某个人，不是排倒数第二吗？"

"哼——算了，想说的人就让他们说吧！"小哥白尼无奈地回答完，便快步靠近北见他们。三人站了起来，与小哥白尼互相拜年。小哥白尼询问他们刚才在做什么。

"你来之前，我们一直在听水谷的姐姐说话。"北见回答，"很有意思呢，你也该听听。"

小哥白尼坐到一旁的椅子上。椅子由一根铁棍弯曲而成，仿佛一笔画一样，后背和腰靠着的部分贴着厚布，是当下流行的款式。这间屋子里的全部物品——桌子、书架、台灯——全都没有多余的装饰，线条简洁美观。整个房间清新舒畅，充满了近代①风格的明亮感。宽大的玻璃窗外，远方品川的海面波光粼粼地反射着阳光。

"胜子姐姐讲的是童话故事吗？"小哥白尼问。

"真没礼貌，我刚才在讲英雄精神呢。"胜子回答。

"噢，听起来很深奥啊。"

"一点儿也不深奥。我觉得无论男女，都必须有英雄精神。"

胜子刚说到这里，北见便插嘴道："好了，请接着刚才的讲吧。"

于是胜子站到四个少年面前，开始说道：

"……就像我刚才说的，瓦格拉姆战役是一场精彩的战役。一八〇九年七月，一方是拿破仑率领的法国军队，一方是奥地利与俄国联军，两军在多瑙河边狭路相逢。这是三个国家赌上自身命运的战争，自然格外激烈。就算拿破仑再强，对方毕竟是两个国家的联军，按道理来说是无法轻易获胜的。

"尤其是俄国有著名的哥萨克骑兵，一次又一次攻到了拿破仑的大本营附近。数百名骑兵结成一阵，像海啸一样踏破法军前线，拥上前来。拿破仑的近卫军殊死战斗，总算要击退敌人了，以为胜利就在眼前，却发现又一拨哥萨克骑兵视死如归

---

① 在日本通常指从明治维新开始（1868）到第二次世界大战结束（1945）之间的历史时期。

地踏着同伴的尸体奔袭而来,号称天下无敌的拿破仑的近卫军也数次陷入危险。"

说到这里,胜子歇了口气。发现大家听得入迷,她又继续道:

"这时,拿破仑正身处俯瞰战场的小丘上,关注着战事的发展。哥萨克骑兵自然是以他为目标发起攻击的,所以拿破仑身边的幕僚忐忑不安。'陛下,还请暂时离开这里。'他们不知劝了拿破仑多少次,但拿破仑并不打算离开。无论被劝了多少次,他都不想转移到安全的地方——你们知道为什么吗?"

胜子分开双脚,双手叉腰,等待四个人的回答,然而四个人都一脸茫然地抬头看向她。于是她甩了甩头,甩开垂在脸上的短发,再次激情澎湃地讲了起来:

"如果只是指挥军队,转移到更安全的地方也能做到。这并不是拿破仑无法离开的原因,根本不是。他是看敌军的哥萨克骑兵看得出神了。

"'这是何等勇敢!这是何等勇敢!'拿破仑感慨地注视着潮水般不断向己方大本营逼近的哥萨克骑兵,甚至忘了自己正身处危险之中……是不是很厉害?"

胜子眼中跃动着光辉,脸颊也兴奋地泛起了潮红。

"我觉得拿破仑真的很伟大!想想看,那可是战争啊,输了可就命悬一线了!双方都会全力搏命,争个你死我活。拿破仑却在那种时候赞扬对手的英姿,沉迷于对手的勇敢,这实在了不起,实在是堂堂男子汉!"

胜子兴奋不已，沉醉其中的眼神仿佛正在眺望远方。小哥白尼觉得此时的胜子分外美丽。

"最后到底谁赢了？是拿破仑吧？"水谷问。

"速夫真是的，你根本没听懂我想说什么啊。"胜子夸张地露出不悦的表情，"当然，拿破仑胜利了。在两天的激战后，他终于击溃了奥地利与俄国联军。不过胜负已经无关紧要了。"

"可是打仗怎么能输呢？"

"真是不明事理啊！胜也好，负也好，英雄就是英雄。不，即使输了也让人感到伟大的人才是英雄。速夫，你身为男人，怎么不懂这个道理呢？"

胜子悲伤地皱起眉头，歪着脖子，短发哗啦一下垂到脸上。随后，她两手插在裤兜里，在四个少年面前默默地走来走去，似在沉思。浦川和北见完全沉浸在刚才的故事中，呆呆地注视着胜子。小哥白尼和水谷四目相对。

"姐姐她啊，以为自己就是拿破仑呢。"水谷小声说道。

小哥白尼瞪圆了眼睛。

"当然，谁都不想在战争中失败。"胜子边走边说，"而且任谁都不想丢掉性命，不想受伤。我还没去过战场，战争的场面应该非常可怕。任何人第一次上战场都一定会哆哆嗦嗦抖个不停。但是，人类一旦燃起英雄的精神，就会忘记恐惧，心中会涌出能够跨越任何艰难困苦的勇气，连失去宝贵的生命也在所不惜。人类会超越自己，这是最了不起的一点。"

"唔。"北见感慨地沉吟了一声。

"莽汉或者亡命之徒倒是也会置生命于不顾，若是因自暴自弃或神经错乱而有亡命之徒的举止，那可一点儿也不伟大，那种人和疯狗没什么区别。人类在正常的状态下却能做到不惜性命，这才是让我觉得了不起的原因。"

"嗯。"北见又沉吟了一声。旁边的浦川似乎还无法完全理解，却仍然一脸热情地注视着胜子，他还是第一次见到这样的女孩。

"人在某些情况下可以勇敢地克服任何恐惧与艰辛，每当想到这一点，我就有种难以言说的感觉。一个人能主动跃入痛苦与艰难，为克服它们而感到欣喜，你们不觉得这很了不起吗？痛苦越大，克服的喜悦就越大，因此也不再害怕死亡。我觉得这就是英雄精神。

"我深深地觉得，比起游手好闲之徒，有这种精神向死而生的人要高尚得多。哪怕输了，只要有这种精神，就不算输；即使赢了，如果失去这一精神，也不能说是真正的胜利。"

胜子停下脚步，激动地说道：

"啊，一生哪怕只有一次也好，我真想带着撕心裂肺的感情，去体会这种精神！那该是多么美妙啊！拿破仑真伟大，一生都在贯彻这种精神，简直就像英雄精神的象征，所以他才会佩服对手的英姿，看得入了迷。我觉得他真是堂堂男子汉。喂，小哥白尼！"

胜子突然呼唤小哥白尼，随后拿起桌子上的明信片让他看。

"你觉得这幅画怎么样？"

这是一幅描绘拿破仑率领大军在广阔原野上行军的画。在画面上半部分铺展开来的，是冬季的黑暗天空，寸草不生的荒凉原野上积着一层薄薄的雪，在融化的积雪上已经有数辆炮车通过，冻结的路面上刻下了深沟般的车辙。拿破仑骑着英姿飒爽的白马，带兵向前行进，始终注视着遥远的前方。在他背后，大量将军和幕僚同样骑马前行。积雪的原野对面，徒步的大部队排成队列，一直延伸到地平线另一端，低垂的天空在地平线附近透出微弱的光亮。拿破仑身穿灰色外套、戴着帽子的英雄

1814年的行军
拿破仑正在行军，即将迎击攻入法国的欧洲各国联军。

身姿浮在凛冽的空中。真是一幅沉痛的景象。

"这个啊,"不等小哥白尼回答,胜子就开始说明了,"公元一八一四年,拿破仑准备迎击攻入法国的欧洲多国联军,这幅画正是行军时的样子。此时,拿破仑的全盛时期已经过去。在拿破仑攻打俄国失败后,欧洲各国纷纷发起反击,攻入法国境内。莱比锡战役失败后,拿破仑凭着常人难以想象的旺盛精力转战各地,最后才回到法国。得知联军攻入法国境内,他再次摩拳擦掌,聚集生还的兵力前去迎击。士兵疲惫,弹药缺乏,联军人数是己方的数倍,就算是拿破仑,此时也难以断言会取得胜利。但是,他仍然出发了,做好了苦战的心理准备,试图借这一战重振雄风。当时他的心情究竟是怎样的呢?"

"后来拿破仑赢了吗?"小哥白尼问。

"没有,他输了,还被流放到了厄尔巴岛上。所以一看到这幅画,我就觉得胸中压抑。无论如何也无法获胜的不幸命运就在前方等待,拿破仑却还要走向那里,被迫发动进攻,直到被打倒,他都不允许自己低头认输。带着这样的想法再去看这幅画,就会有种难以名状的心情。"

听到这里,小哥白尼也对拿破仑的命运深感同情,悲壮感不由得涌上心头。北见从小哥白尼手里接过明信片,感慨颇深地望了片刻。浦川也兴致勃勃地从旁盯着那幅画。

"Allons enfants de la Patrie……"胜子低声唱起了法国国歌《马赛曲》。

过了一会儿,四个少年和胜子来到阳光下暖意融融的草坪上,兴高采烈地玩起了游戏。

水谷不擅长运动,更喜欢画画和音乐,但姐姐胜子堪称万能选手,所有运动都很擅长。她是班级篮球队和学校排球队的成员,参加短跑混合接力,还是跳高和跳远的纪录保持者。她最喜欢跳跃类运动,希望代表日本参加下一届奥运会,她父亲因此在庭院草坪旁边修建了有高质量助跑跑道的正规跳跃类比赛场地。标有刻度的白色测量杆和跳跃横杆都是标准规格的体育用具,与神宫竞技场的设备毫无区别,实在令人叹服。小哥白尼等人玩了投接球游戏后,在胜子的指导下尝试了三级跳、跳远和跳高。

在跳跃上,无论怎么尝试,小哥白尼和北见在胜子面前都抬不起头来。小哥白尼竭尽全力好不容易越过了一米的横杆,胜子随即两手插兜轻松越过了相同高度。横杆渐渐升高,最后已经成了胜子的个人表演,小哥白尼等人只能出神地望着胜子优美的身姿。穿着黄色毛衣和深蓝色裤子的胜子在横杆上方快速转身,双脚落在沙地上,实在出类拔萃。三级跳时,北见干劲十足地喊着"好,用英雄精神来跳",但还是无法和胜子相提并论。浦川这天竟然毫不扭捏,虽不擅长,也跳了一遍又一遍。最初,他怎么也无法做出起跳后单脚跳跃的动作,但胜子耐心地多次示范指导。当浦川终于跳出规范动作时,小哥白尼、北

见、水谷和胜子都像看到奥运会新纪录诞生一样热烈喝彩。浦川不好意思地满脸通红,却完全掩不住喜悦,开心地笑着。

玩过各种游戏后,浦川突然提出要玩推棒①游戏。"要论推棒,我可基本不会输。"

水谷立刻找来好用的竹棒。浦川的第一个对手是小哥白尼,结果浦川轻而易举就胜出了,接下来的水谷也被推得毫无还手之力。北见说着"好,我来给你们复仇",往手上吐了口唾沫,但浦川还是纹丝不动。北见推得脸颊通红,扎着马步坚持了好一阵子,但是当浦川"嘿哟"一声推回来时,北见的腰已经直起来了。"可恶,可恶!"即便如此,他仍然拼命坚持,可是一步步遭到浦川压制。最后,他说着"可恶,可恶",被推倒

---

①指手握结实的棒子两端互相推挤的游戏。

在地。

"好，再来一次！"小哥白尼再次跳了出来，但还是不行。水谷和北见先后交替上场，和浦川比试了一次又一次，也完全不是对手。

"真厉害啊！"北见最终甘拜下风，"你为什么这么强啊？"

"这个嘛……"浦川笑着答道，"傍晚我经常和店里的年轻伙计用扁担推着玩。就算是推棒游戏，也是有技巧的。"

午饭是在餐厅吃的，水谷的母亲和哥哥也来了，大家一起用餐。豪华的电灯从高高的天花板垂下，雅致的金色墙壁上挂着镶有画框的巨幅油画。餐桌上，温室种植的美丽花朵正在盛放，桌布雪白，上面排列着精致的刀叉和银勺。午餐非常正式，小哥白尼他们觉得像在举行仪式，也说不出味道是否可口。水谷的母亲虽然言语温柔，却宛如皇室贵族般高雅，让人无法随随便便应答。水谷的哥哥也是，不知道他眼里到底有没有小哥白尼他们，从开始到最后一句话都没说。看到他穿着西装，北见问水谷"你哥哥在哪里工作"，水谷回答哥哥是大学生，正在学习哲学。学了哲学，或许就不再想和中学生说话了。

吃完难得一见的大餐，小哥白尼他们反而松了口气，连忙回到水谷和胜子的房间。众人放松下来，玩了加拿大棋、台球、纸牌等室内游戏。说到室内游戏的器具，水谷家里多得足以开商店了。

"真羡慕啊，你有这么多游戏器具。"小哥白尼不禁说道。

"不行，没用啊，都没有对手。"

"你不是有姐姐吗？"

"姐姐是女子中学的高年级学生，最近已经不和我玩了。"

"你爸爸回家后不陪你玩吗？"

"我爸爸晚上也有很多会要开，忙着呢，大多是在我睡着后才回来，有时连续四五天都见不到他。"

"啊？"

"我妈妈也总出去。所以一个人的时候，我会听唱片或画画。"

小哥白尼觉得很不可思议。水谷住在这么好的房子里，只要他喜欢，家里人什么都能给他买，但他却这么孤独。"那你多去我家玩。"

"我也想去，但妈妈说总去不好。"

"没关系啊。"

"嗯，最近我姐姐总是不听妈妈的话，老去她喜欢的地方玩。我妈妈见我不和小堀还有滨田交朋友，感到很奇怪，还问我为什么。你说，那种多嘴又势利的人，怎么能和他们一起玩！"

"是啊，他们是讨厌的家伙！你妈妈为什么让你和他们交朋友呢？"

"我也不知道。后来姐姐告诉我，因为小堀的爸爸是有名的政治家，滨田的叔叔是贵族院议员。"

"哦。"

"就算他们的爸爸是政治家或贵族院议员，我也讨厌那样的家伙。他们不都是山口的喽啰吗？"

"没错，他们都在山口面前点头哈腰的，还说北见的坏话。我们没法和他们成为朋友。你跟你妈妈这么说不就好了？"

北见听到小哥白尼和水谷的对话，突然想起来似的说道："对了对了，说到山口，上学期期末我听说了一件奇怪的事。"

大家都看向北见。

"据说柔道社的高年级学生准备找机会打我和山口。"

"打你和山口？"小哥白尼吓了一跳，问了一句。

大家也都感到意外，聚集到北见身旁。当事人北见却心平气和地回答："我是听二年级的樋口说的。"

学校最近以柔道社的高年级学生为中心，发起了整顿校风的运动。在他们看来，学生近期士气低落，校园内弥漫着懒散的氛围，这是绝对不能容忍的——首先，爱校精神极度缺乏，在对抗性比赛中加油声不够热烈；其次，低年级学生盛气凌人，没有尊敬高年级学生的意识；第三，沉迷于小说、话剧、歌舞和电影的人越来越多。这样下去，学校自建校以来引以为傲的质朴刚健的校风很快就会毁于一旦。因此他们倡议当下有必要警告全校学生，让校风焕然一新。有人在学校的汇报演出上发表慷慨激昂的演讲，还有人在校友会杂志上围绕此事热烈讨论，还准备惩罚违反校风的人。

"没有爱校之心的学生进入社会,必然会成为没有爱国之心的国民,没有爱国之心的人算不上合格的国民,因此没有爱校之心的学生正是'非国民'的雏形,我们必须对这种非国民的雏形加以惩罚。"这就是那些人的主张。

学生当然应该热爱自己的学校,努力让它变得更好;低年级学生确实应该尊敬身为前辈的高年级学生;而身为学生,最好不要在低级娱乐上花费太多时间和精力。如果柔道社高年级学生倡导的只有这些,绝对没错。

可是,他们除了相信自己倡导的是对的,还对自己的判断深信不疑。他们擅自认定,看不顺眼的人就是违反校风的人,都大逆不道。他们更大的错误在于,自认为拥有责备他人、惩罚他人的资格。大家同样是中学生,他们并没有这一资格。

他们犯下这么大的错,难得他们为学校着想一次,却反而对学校无益,还添了不少麻烦。别人只是没有在校际比赛中加油,就立刻被他们扣上非国民的帽子,稍有错误就要被他们打。如此暴力的家伙趾高气扬,其他人就算想热爱学校,最终也会走向厌恶。不让唱流行歌曲,可总是听汉诗吟诵也会受不了。他们最不应该做的是,让低年级学生时刻战战兢兢。

从第二学期期末开始,一年级和二年级的学生就无法自由自在了。早晨在路上遇到高年级学生,不小心忘了行礼,就会被叫过去挨一通训;戴一块稍显时髦的手表,就会招来奇怪的目光;在背后议论高年级学生的行为一旦被揭发,就会被当成傲慢之徒。二年级的樋口喜欢文学，涉猎成年人阅读的小说，去看新上的舞台剧，因此成了重点关注对象。一年级的山口外表时髦，还是个狂热的电影爱好者，收集了超过两百张演员的照片，就被高年级学生盯上了。小顽固北见才不管对方是不是高年级学生，有什么想法都会说出来，因此被他们视作"明明是个小鬼却很狂妄"。樋口听说，第三学期开学后，这些关注对象就将遭到惩罚，于是他偷偷告诉了同样被盯上的北见。

"且不说山口，你哪儿有什么挨打的理由？明明没做任何坏事。"小哥白尼愤愤不平。

"不，我有两次遇到黑川时故意没有行礼。后来午休时去占软式棒球的场地，也有一次没按他说的做，毕竟我的方法能确保率先占到场地啊。于是，黑川就认为我太傲慢了。"北见如此回答。

黑川是五年级学生，也是柔道社的副社长，比体操老师还要魁梧。

"那家伙真是——"北见恼火地继续说道，"总是说什么唱流行歌曲太不像话，自己却老唱浪花节[①]，还故意用嘶哑的嗓音唱。前些日子全校去远足，我在回程的火车里听到他唱了，他还说浪花节是武士道，所以没问题——真是自编自造的诡辩！听过他低俗的歌声后，我更讨厌他了！"

[①]日本的一种大众曲艺，形式是一个演员以通俗易懂的曲调说唱故事，配以弦乐器三味线伴奏。

"可你要是真被打就糟了。"

"没关系。只要我不做什么,就不会挨打。他只是想等我做了什么,借机打我,我只要注意就行。"

"是吗?"小哥白尼还是很不安。

水谷也一脸担忧地说:"他们可能会把盯上的人一个个叫过去打一顿。我觉得还是把这件事先告诉老师比较好。"

"那可不行。要是告诉了老师,他们会更恨我,这会给他们机会真来打我的。还是别说了。"

"可是太危险了。"

"没关系。"

北见和小哥白尼正在争论,胜子端着盛满糖果的盘子走了进来。"你们在说什么?小哥白尼看起来好认真。"

小哥白尼和水谷告诉胜子,北见可能会遇到危险。胜子听后愤慨万分。

"啊?竟然那么嚣张!北见,你可不能认输。学校不光是高年级学生的,一年级的学生也是学校的学生。只要不违反校规,不违背老师的教诲,一年级学生也可以昂首挺胸,没必要对那些练柔道的卑躬屈膝。"

"可是,北见处境很危险啊。"水谷插话道。

"危险是危险,可是一旦战战兢兢、畏畏缩缩,那些暴徒不就更加目中无人了吗?什么为了学校,全是一派胡言!如果真为学校着想,那就该努力让大家的校园生活愉快起来,无论是一年级学生还是别人都一样。那些人不这么想，而是陶醉在只有自己守护正义的感觉中而已，真是自以为是。北见，可不能向那种人低头！"

"嗯，不管是谁做什么，我都不会认输。"

北见那句"不管是谁……"时隔许久再次登场了，但此时小哥白尼一点儿都笑不出来。一想到北见要被打，他就坐立不安。确实不该向胡来的高年级学生低头，但究竟怎样才能保护北见？大家就此商量了许久。水谷和小哥白尼都认为应该趁现在告诉老师，让老师去处理；北见则认为那样做反而不好，应

该按兵不动；胜子认为要继续观察，如果发现对方真要胡作非为，再找老师商量，选择合适的方法，可是能不能发现他们要动手还很难说。总之，北见不赞同现在就告诉老师。

"就算挨打也无所谓，毕竟我什么坏事都没做。我可不想让人觉得我是个闻风丧胆的胆小鬼。"

既然北见这么说，其他人也没办法了。这时，之前一直保持沉默的浦川开口了："那个，我觉得或许可以这么做……"

众人一齐转向浦川。

浦川磕磕巴巴地说："北见如果被高年级学生叫去，那我们也一起去。"

"然后怎么办？"小哥白尼问。

"如果黑川要打北见，我们就让他连我们一起打。北见没做错事却要被打，那我们就一起陪他。这样他们或许就不会真动手了。"

大家一语不发，最后还是胜子问道："要是黑川还继续动手呢？"

"要是那样……要是那样，我们就和北见一起挨打。没办法，只能这样。"

"真了不起，浦川！"胜子从椅子上跳下来，"是啊，这样最好，大家一起保护北见。如果这都不行，就真的没办法了，大家只能跟着北见一起挨打。这就是英雄精神！我到时候也会给你们助阵的，会让我爸去学校谈判，他要是不去，就让我妈去，再不行我就自己去你们学校，让校长把那个练柔道的赶出去！北见，你可要振作精神啊！速夫你也是，不打起精神可不行。"

"嗯。"长着一张温和的瓜子脸的水谷紧咬嘴唇，重重地点了点头。

"小哥白尼也是啊。"

小哥白尼也点点头。

北见不想让大家因为他而挨打，一再推辞，但大家态度都很坚决，让他不要在意。

"那就这么决定了！可惜我和你们不在一所学校，但如果真发生了什么，我肯定会遵守刚才的约定。大家拉个钩吧？"

四个少年和胜子相互郑重其事地拉了钩。

白昼短暂的冬日，天色黯淡下来。

小哥白尼、北见和浦川三人要趁着天还没黑赶紧回家。水谷家的女佣拿来三个白棉布包袱，请他们带回家，包袱里是精美的盒装点心和漂亮的苹果。

胜子说道："浦川，你家里还有妹妹和弟弟吧？把这些带给他们。"说着，她拿出包着漂亮银色糖纸的糖果，将浦川的口袋塞得满满当当。

三个人提着包袱离开了水谷家，水谷和胜子送了他们一程。胜子骑着自行车，悠然地蹬着脚踏板，离大家时远时近。

来到能够俯瞰品川一带海面的坡道上方，胜子飞身跳下自行车。大家停下脚步，相互道别。

三人走下坡道时，下方的街道已经笼罩在雾霭般的暮色中，四处开始亮灯。省线电车如滑行般驶过，市营电车和汽车匆忙穿过坡道下方的路口。嘈杂的人群在暮色中沸腾起来。

三人好像突然开始想家了，快步向品川站走去。

什么样的人是伟大的人？
——拿破仑的一生

小哥白尼：

你突然变成了拿破仑的崇拜者，我吓了一跳。不过听你说了事情的来龙去脉后，我想你是受到了水谷的姐姐的影响。

拿破仑的一生确实是无与伦比的一生。说到他一生的壮阔，即使在漫长的人类历史中，能达到这一程度的人也极少。不光你们，现在世界上的各个角落都有很多对拿破仑深感敬佩的少年，无论在哪个国家，拿破仑的传记都很畅销。

对了，我记得应该跟你说过，遇到打动你内心的东西，要认真地反复思考其中的意义。今天晚上就让我们一起来思考一下，为什么拿破仑的一生会令我们感动？

纵观拿破仑的一生，令人惊叹的首先是他的辉煌事迹。

拿破仑的父母是科西嘉岛的落魄贵族，他从小就生活在贫穷中。在你们这个年纪，他离开父母,进入法国本土的士官学校，同学多为有钱的贵族子弟，他长期被人瞧不起，总是孤身一人。离开学校后，他加入军队，先后当上了少尉、中尉，却依然贫困，没法去追求年轻人的乐趣。他远离奢华的人群，锲而不舍地学习，是个脸色苍白、性格阴郁的青年军官。

然而，在二十四岁那年，法国大革命期间，这个衣衫褴褛的贫穷军官一跃成了少校。在革命军收复土伦要塞的战役中，他以出色的指挥立下功劳。

随后的事情你也知道，在武器匮乏、训练不足的情况下，拿破仑率军突然翻越阿尔卑斯山，像雪崩一样进入意大利平原，又以迅雷不及掩耳之势击败了奥地利的大军，之后接二连三地攻占了意大利的城市。无论到哪里，都是胜利、胜利、胜利。拿破仑带着大量战利品回到巴黎，受到巴黎人民的热烈欢迎，成了当之无愧的凯旋将军。

那时，法国刚经历过大革命，政治斗争愈演愈烈，国内局势动荡不安，法国人民发自内心祈求国家和平有序。拿破仑借此机会用武力改组政府，渐渐将权力集中到自己手中。最初他是三名执政之一，后来成为终身执政，最终终止了法国的共和制，登上了皇帝之位。小哥白尼，你知道那时的拿破仑多大吗？才三十五岁！仅仅用了十年，这个默默无闻的贫穷军官就登上了皇帝的位置，速度惊人，十分罕见。

成为皇帝后，拿破仑依旧势不可当。欧洲诸国以英国为中心结成同盟，数次试图打倒他，却都以失败告终。在一次次战争中，军人出身的拿破仑更有机会发挥他的军事才能了。无论是在奥斯特利茨，还是在耶拿或瓦格拉姆，拿破仑都持续上演足以名垂战史的出色胜利。荷兰早早就臣服，意大利半岛任由他支配，德意志屈服于他的权力，西班牙也进入了他的势力范围。除了东部的俄国，欧洲大陆就这样一时间悉数服从于拿破仑的威望。一八〇八年，拿破仑在埃尔富特召开全欧会议时，德意志的四个国王和三十四个诸侯齐聚一堂向他致意。拿破仑在他们的簇拥下，观看了特意从法国带去的著名演员塔尔马的表演。这时的拿破仑是名副其实的王中之王。

拿破仑卓绝的全盛时代就这样到来，仅凭他一人的意志，便可左右欧洲大陆数千万人的命运，他登上了权力的顶峰。但是没过几年，他就从顶峰直接掉进了毁灭的深渊，你应该也知道，都是因为远征俄国失败。

拿破仑要进攻俄国，是因为俄国不听从他的命令，拒绝与英国中断通商。英国是身处欧洲大陆之外的岛国，完全不屈从拿破仑，两国一直处于敌对状态。为了让英国陷入困境，拿破仑严禁欧洲大陆各国与英国通商，但这行不通，无论如何都无法成功。拿破仑最终怒火中烧，计划大规模远征俄国。正如你所知，远征以惨痛的失败告终。拿破仑的军队曾取得大胜，一度占领了俄国首都莫斯科，但是就连拿破仑也无法抵挡严寒和粮食短缺，最终不得不撤退。在冰雪中撤退的士兵饥饿难耐，几十万人被活活冻死，没冻死的也在哥萨克骑兵的追击中被杀。

最初攻入俄国时超过六十万人的大军,在离开俄国时只剩不到一万人,可谓悲惨至极。

拿破仑溃败的消息传遍欧洲,一直以来都在寻找机会摆脱拿破仑压迫的普鲁士率先奋起反抗,其他各国随后再次结成同盟,攻向法国。拿破仑走向灭亡的时刻终究还是来了,他再也无法战胜联军,战败后被流放到厄尔巴岛。他一度逃离厄尔巴岛,再次集结兵力,在著名的滑铁卢战役中最后一搏,但仍以失败告终,被监禁在非洲西侧名为圣赫勒拿的小岛上。拿破仑在这座气候恶劣的小岛上度过了五年半毫无自由可言的生活,孤寂地死在了那里。

滑铁卢战败时,拿破仑四十六岁。他用十年时间从贫穷军官登上皇帝之位,又用十年时间彻底沦为阶下之囚。说到拿破仑令人惊叹的一生,其实也就是指这二十年间,他的一生都浓缩在这二十年。

这短短的二十年确实无与伦比。在这期间,拿破仑从一个有天赋的贫穷军官一度攀升到支配整个欧洲的位置,又从王座上径直跌落。但是,吸引我们的不光是这种戏剧性的变化,还有他在这二十年间的经历,几乎让人很难想象是人类所为,太了不起了。

这二十年正好从十八世纪末跨越到十九世纪初,欧洲从法国大革命开始,一轮又一轮的动荡如开水般沸腾,各种问题层出不穷,事件之丰富程度在其他时期要用五十年乃至一百年才能展现完。在这期间发生过的历史事件，无一不与拿破仑的名字相联系。

小哥白尼，不知你清不清楚，在日本，很多人认为做上两三年首相后身体就会垮掉，也确实有几个首相健康受损，寿命变短。即使没有发生任何历史大事，一国首相都还这么忙碌以致精疲力竭……再想想拿破仑的一生，他必须为大动荡之后的法国建立新秩序，不断击退外国的干扰。处理完这些国内大事后，他也无暇休息，必须立于欧洲各国政治的中心，在波澜万丈的外交关系中屹立不倒。他出色地承担了这一工作，不光亲自裁决国内国际问题，还在此期间发起了三四次前无古人的大规模战争，每次都亲临战场指挥大军。这样的精力着实惊人。

承担如此繁重的工作并持续奋斗，凭借的可不只是坚韧。至少在战争上，除了远征俄国，至今拿破仑的每次指挥都堪称战术典范，其卓越程度独步古今。

在战争之外，他的判断也总是充满男子汉气概，无时无刻不行动积极，没有丝毫犹豫迟缓。他仿佛不知疲倦，精神时刻紧绷，无论身处怎样的困境，都展现出了不屈的斗志和属于王者的自信。想到一个人竟然能够如此强大、如此干练，任何人都忍不住为之惊叹。连歌德那样热爱人道与和平、对人类进步抱有巨大希望的文豪，一提到拿破仑，都会打心底感叹他源源不断的行动力和天才般的决断力。

拿破仑确实伟大，是名副其实的英雄。他在逆境中崛起，一路登至权力的顶峰。他的青年时代充满活力,绚烂迅疾,阅读他的传记都会令人惊讶不已。他是世界历史的王者,全盛时代君临欧洲,宛如太阳般壮丽,没落的过程也是一场壮阔的悲剧。连歌德都会感叹,更何况你们,所以崇拜拿破仑不是没有道理的。但是,小哥白尼,我们感慨拿破仑的一生,是因为他过人的活力,这点千万不能忘记。

想到人类可以展现出如此卓越的行动力,我们真是不得不深感惊异。不光如此,我们还能感受到人的坚韧不拔。正因如此,我们读了拿破仑的传记会精神振奋,而且至今仍然有很多人喜爱阅读他的传记。但是,行动力、活力、过人的精力到底是什么?那应该是人类试图完成某件事情、实现某个目的的力量。

我们在感叹拿破仑伟大的活力的同时,还可以思考一下这个问题——

拿破仑凭借他过人的活力,究竟成就了什么?

小哥白尼,这个问题不光适用于拿破仑,也可以用来审视任何伟人或英雄。那些被称为伟人或英雄的人都是非凡的,他们具备高于普通人的能力,可以完成普通人无法做到的事。以过人的能力来说,他们每个人都明显具备让我们俯首认输的东西。但是,在认输的同时,我们也必须大胆地提出质疑:他们运用非凡的能力做了什么?他们成就的非凡之事起到了什么作用?运用非凡的能力也可能做出非凡的恶事。

小哥白尼，在思考这个问题时，我们必须好好回顾一下人类数万年来漫长的发展史。无论是拿破仑还是歌德，太阁秀吉还是乃木大将，都生在人类漫长的历史中，又在其中死去。

你也知道，人类最初共同创造了这个世界，摆脱了野兽一般的生活状态。人们一开始使用极其简单的工具，随后发明出各种各样的技术和机器，使得自然界更适合人类居住。学问和艺术也同时出现，人类的生活越发明亮而美丽。一切就像一条大河，从遥远的古代悠悠流淌至今，还将继续流向远方。日本的历史自神武天皇以来相传有两千六百年，埃及文明始于六千年前，都可谓历史悠久。但其实在那之前，还有数万年历史未被记录成书。今后，人类进步的历史恐怕还将持续几万年、几十万年。想想这条悠悠流淌的巨大河流吧，在它面前，两三千年的岁月都显得格外短暂，更何况每个人转瞬即逝的一生。

小哥白尼，如果以心灵之眼眺望这广阔的大河，重新审视人们口中的伟人或英雄，会有什么发现呢？

首先你会发现，心目中形象高大的伟人或英雄，到头来不过是这条大河中漂浮的水珠。其次你还会发现，脱离了这条大河，再非凡的人完成的事也都是脆弱无常的。他们当中的某些人着眼于这条大河，推动它朝正确方向流淌，为此用尽短暂的一生，倾尽全部非凡的能力；还有人为达成个人愿望而努力，不知不觉间为人类的进步做出了贡献；此外，也有人以惊艳的举动震惊世人，然而放在这条大河中看，却没有起到任何作用；

许多人虽然被称作伟人或英雄,却没有推进,反而还阻碍了历史的进步。同一个英雄做的事,也可能有些顺应了历史,有些则逆流而行。形形色色的人出现在历史中,做了许许多多的事,如果一个人做的事最终没有和这条大河一起向前奔流,那么就会消失得无影无踪。

小哥白尼,即使像拿破仑这样的人,也是其中之一。让我们从另一个角度重新看一下拿破仑的一生吧。

当拿破仑迈出出人头地的一步时,法国人民正为了推翻腐朽的封建制度、建立新社会而浴血奋战。此时欧洲各国仍然坚守封建制度,害怕法国建立新制度后会危及他们,于是联合出兵,试图打倒法国的新政府。内忧外患同时出现,法国陷入巨大的苦难中,但是法国人民勇猛奋战,完全没有向困难屈服,所有男人都服了兵役,众人紧急集结,迎击四面八方的外敌。当时欧洲各国大多实施雇佣兵制度,军队由雇来的士兵组成,士兵为了报酬而战。但法国军队的士兵则都是因新政府的成立而刚刚获得自由的民众,他们热爱祖国,并不惜献出生命。在自由、平等、博爱的旗帜下,刚刚创造出新时代的法国人民精力充沛,十分英勇,这是雇佣兵做梦也想象不到的。因此,法国人虽然缺乏武器和弹药,也没有经历过正规训练,却仍然精神饱满地迎击外敌,最终将敌人驱逐出境,保卫了祖国。率领这支崭新的军队、设计适合新军队的战术、逐一打败欧洲各国

远征埃及时的拿破仑

旧式军队的人，正是拿破仑。

因此，至少在拿破仑成为皇帝之前，为了保卫法国、让法国人民推翻封建制度并建立一个全新的国家，他确实做出了贡献。不光如此，他也倾力鼓励学问和艺术的发展。你读过《世界之谜》中的《谜之文字》，应该已经知道了，拿破仑远征埃及时，让大批学者和艺术家与军队同行，以便研究埃及文化。当时发现的罗塞塔石碑后来成为解读埃及文字的关键，足见拿破仑的决定对后来埃及学的发展起到了重要的作用。

后来，法国人民厌倦了长期内乱，渴求国内秩序与和平，拿破仑借机集权力于一身，凭着自己的力量建立了全新的社会秩序，稳定了局势，所以他出于个人野心的行动也对社会产生了有利影响。废除封建制度后，多亏拿破仑，才建立了全新的社会秩序。他召集学者，用法律将新秩序确定下来，这就是著名的《拿破仑法典》，后来成为许多国家的立法典范。在拿破仑成就的事业中，这恐怕是最伟大的。你或许会大吃一惊，其实就连我们也受益于这部法典。

日本在明治维新时废除了封建制度，建立了人人平等的社会。新政府成立后，迫在眉睫的问题是如何建立新的社会秩序，尤其是如何界定人民之间的关系。当时日本以《拿破仑法典》为范本，制定了第一部民法，虽然后来修改过多次，但基本框架并未发生变化。全新的日本正是在这条轨道上顺畅前行，才取得有史以来最卓越的工商业发展。

拿破仑对封建时代之后的新时代做出许多贡献，并顺应社会发展，一次又一次取得辉煌成功。但是，随着不久后成为皇帝，他终于开始为了权力而使用权力。为了让权力无限扩张，他渐渐成了世上多数人厌恶的对象。

拿破仑最大的失败是为了教训不听话的英国，禁止欧洲大陆与英国通商。他相信凭着权势就能做到，而且也认为为了巩固权势必须做到。但是，当时英国独霸全球海上贸易，比起英国，欧洲大陆的数千万人民才是禁止通商的受害者。后来欧洲人每天使用的砂糖甚至都出现了短缺，无论他们种植多少甜菜，制成的砂糖都无法满足民众的需要。拿破仑的权势再强，也无法抹杀数千万人生活的需求。虽然拿破仑制定了严厉的惩罚措施，命令却始终无法得到执行，他苦心制定的措施以失败告终，还招来了数千万人的怨恨。

就在这时，拿破仑远征俄国失败。六十多万人远征俄国，几乎所有人都凄惨地死于冰雪之中，仔细一想，这实在是件大事。士兵多从欧洲各地招募而来，并非为了自己的祖国而远征俄国，他们既不是为国家荣誉而战，也不是为自己坚持的信仰或主义而战，没有任何需要拼死守护的东西，只是迫于拿破仑的权势去了俄国，成为其野心的牺牲品，虚无地走向死亡。这六十多万人有家人，有朋友，因此不光死了六十多万人，还有数百万人因这场战争流下了不甘而心酸的泪水。

事情演变至此，拿破仑的权力致使这么多人陷入痛苦，已经开始阻碍社会进步，没落不可避免，只是时间问题，历史也是这么发展的。

小哥白尼，如此详细地回顾了拿破仑的一生，我们应该已经了然于心了。

在那些被称为英雄或伟人的人中，只有推动了人类进步的人才真正值得我们尊敬。在他们非凡的事业中，只有顺应人类进步所做的事，才真正有价值。

如果有空，你可以读读《为人类进步鞠躬尽瘁的人们》这本书。你会发现，在那些同样被称为伟人的人中，有些与拿破仑类型完全不同。

在充分理解这些事后，你必须重新学习拿破仑身上值得学习的东西——他奋斗不息的一生、他的勇气、他的决断力，还有他强大如钢铁般的意志！如果不具备这些，就算想为人类的进步鞠躬尽瘁，也会力不从心。无论陷于什么困境，他都毫不示弱；无论遭遇何种困苦，他都毫不沮丧。这种毅然决然的精神值得我们深刻学习。

不知道你是否听说过拿破仑的这个故事——

在滑铁卢战败后，欧洲已经没有拿破仑的容身之处了。他计划从罗什福尔的港口前往美国，但英国当时已经占领港口，他最终被捕。英国海军把他带回了英国。在他乘坐的军舰伯雷勒芬号停泊在泰晤士河河口期间，堤坝上每天都有熙熙攘攘的人群前来观瞧。毕竟，在欧洲天地间卷起风云、二十年间让人闻风丧胆的无敌英雄拿破仑终于被抓到了，英国人感到惊喜也是有道理的。尤其对于英国人来说，拿破仑是从始至终的对手，因他品尝到失败的滋味也不止两三次了，而他现在竟被逮捕，还被带到了英国。堤坝上每天都有大批看热闹的人涌入，人们觉得至少也要看上一眼拿破仑乘坐的船。

到达英国以后，拿破仑总是把自己关在船舱里，聚集在堤坝上的人们想看他的身影却无法如愿。一天，拿破仑突然想呼吸新鲜空气，终于在甲板上现身了。

数万名围观者出乎意料地看到他戴着拿破仑帽在甲板上现身后，都不由得屏息凝神，喧嚣的堤坝一时间安静下来。小哥白尼，你猜之后发生了什么？数万英国人不约而同地摘下帽子，无言地站在原地，向拿破仑表达深深的敬意。

拿破仑在战斗中失败，在欧洲无处容身，又被宿敌逮捕、带到异国，但他并没有表现出任何悲惨沮丧的模样。即使身为俘虏，他也没有失去王者的骄傲，坦然接受了自己的命运，堂堂而立。这种气魄打动了数万人的心，让他们肃然起敬。这是

即将被送往英国的拿破仑

多么强大的人格啊!

等你长大后慢慢就会知道,世界上有许多善良的人,他们满怀好意,却因为懦弱而无法发挥善心。许多人并不是坏人,却因懦弱而给自己和他人招来不幸。未能与人类进步相结合的英雄精神是空虚的,而缺乏英雄气魄的善良也同样很空虚。

你现在一定已经有所思考了吧?

第六章

下雪那一天发生的事

第三学期开学不久,小哥白尼他们听到的传闻迅速在低年级学生之间传开了。年纪还小的孩子们惴惴不安,生怕发生什么可怕的事。但是,一周又一周过去了,不知不觉就到了二月,并没有发生大家担心的事。四年级学生和五年级学生即将迎来升学考试,忙于准备,或许已经无暇顾及低年级学生。大家都认为传言毫无根据,会就此烟消云散。

但是,当小哥白尼在运动场遇到四五个柔道社的人成群结队地走来时,还是会莫名其妙地紧张起来。尤其是在走廊碰到那群人时,又不能假装没看见,只能从他们身边走过去。那种感觉太不好受了。在小哥白尼看来,黑川等人就是顶天的大块头。黑川脸部的皮肤坑坑洼洼,就像酸橙。每次在走廊遇到,不知为什么,黑川总会冲小哥白尼微微一笑,让小哥白尼感到脊背发凉。

然而让大家担心的当事人北见总是心平气和,遇到柔道社的人像堤坝上的船夫一样摇晃着肩膀走来，他才不会垂下目光，反倒会挺起胸膛。错身而过后，他还会回头望着那些人的巨大身影，毫无顾忌地说："什么啊，一身山贼似的打扮！"一旁的小哥白尼每次听到都很担心。

至于同样被高年级学生关注的山口，简直就像听到猫叫的老鼠。他畏畏缩缩，四处躲藏，尽量不与他们四目相对。即使在休息时间，他也会前往离运动场有段距离的剑道场的背阴处，下雨天则会去体操场地后面，只和自己那伙人来往。多亏山口胆小，浦川才能不再被他们欺负，每天都过得轻松愉快。

就这样不知不觉间过了纪元节①，二月快结束了，依旧什么事都没有发生，连胆小的山口都开始觉得看起来像是没事了。然而就在这时，也许是出于偶然，一些微不足道的事最终导致小哥白尼的伙伴必须要直面让他们惊惧已久的事了。

前一天傍晚淅淅沥沥的雨夹雪在入夜后完全变成了雪，到了早上也没有停止的迹象，一直下到了中午。事情就发生在那个下雪的日子。

难得一见的雪让学生们仿佛都清醒过来了。之前四五天，冰冷刺骨的阴天接连不断，连心情都冻僵了，当雪花终于降临，每个人都猛然间恢复了生机勃勃的表情。从雪还在下的早晨开

---

①日本建国纪念日的旧称，时间为每年的2月11日。

始，运动场上已经出现了许多兴奋玩耍的学生。

中午雪停了，仿佛擦拭过的蓝天露出了脸，阳光转眼间洒向地面。午休时的运动场如沸腾般热闹，一切都洁白如雪、晶莹闪烁，目眩得让人无法直视。数百名学生或追逐别人或被人追逐，不时摔倒在地，四处都上演着迎头相撞的场面，不绝于耳的笑声在空中激荡。雪球在阳光中四散飞舞，有的学生像拍水似的拍着积雪，雪花飞溅。大得出奇的雪球突然出现，从学生中间穿过，这是需要五六个人才能滚成的。热闹的嗡嗡声仿佛群蜂环绕着巨大的蜂巢，响彻明亮的天空。小哥白尼他们自然也在这片欢笑的海洋中，时而投出雪球，时而又被击中，彼此拉扯着摔倒在地，又像小狗一样活蹦乱跳。他们满身大汗，热气从脸上呼呼冒出。

四十五分钟的午休转瞬即逝。午后上课的钟声响起，大家依依不舍地向教室走去。数百名学生汇聚成的黑色人潮被一个个教室吸入后，剩下的只有踩得凌乱的积雪的场地。四处都是午休前还没有的大大小小、形形色色的雪人，它们模样奇特，朝着不同的方向矗立着。

午后的课上，小哥白尼怎么也无法集中精神，血液在体内势头迅猛地奔流。窗外的积雪在阳光的沐浴下熠熠生辉，反射出的光芒照得教室的天花板都亮堂堂的。其他班正在上体育课打雪仗吧，不时有人高声欢呼，小哥白尼的视线不自觉地就随着声音投向窗外。

当最后一节课终于结束时,小哥白尼仿佛绷紧的弹簧一下子弹开了。他把书和笔记本扔进书包,在走廊上飞也似的奔跑,迅速冲到了运动场,飞快地做好了三四个雪球。此时北见和水谷一边聊天一边走了出来,完全没注意到小哥白尼。小哥白尼扑哧一笑,招呼也不打,突然投出一发。雪球远远地飞来,完美地命中了北见的脑门。

猝不及防的北见微露怒色,环视四周。"是谁?"

看到眼珠滴溜溜转的北见仍然毫无察觉,小哥白尼忍不住笑出声来。"哟!"他出声搭话。

北见发现了小哥白尼的身影,怒气冲冲的表情眼看着变成了笑脸。"好,你还真行。"他说着摘下肩头的书包,挂在校舍的钉子上。"大干一场吧!"他转身朝水谷喊了一句,便立刻开始制作雪球。

水谷也慌忙挂好书包,快速做起雪球来。雪球一做好,两人便眼神发亮地笑着朝小哥白尼猛冲过来。

小哥白尼向前猛踏一步,投出两三个手边的雪球。一看没投中,他转身就逃。三四个雪球画出白色的弧线,从他身后飞来。

"追击!"北见大喊。他和水谷像猎犬一样追在小哥白尼身后。

小哥白尼穿梭在运动场上其他玩耍的学生之间,灵巧地四

处奔跑，不时藏在雪人背后，仓促地捏好雪球，瞄准靠近的北见他们接二连三地投出，然后再次逃跑。北见的胳膊被硬邦邦的雪球打中，水谷的下巴也遭到一击。两人更加兴奋，一路追逐小哥白尼。咚的一声，小哥白尼的后背也吃了一发强力的"炮弹"。

逃来逃去的小哥白尼和追逐不停的北见与水谷一会儿跑到这里，一会儿跑到那里，从运动场上的学生们中间穿过，渐渐移动到了运动场的一角。小哥白尼已进入忘我的状态，不知不觉把自己想象成了拿破仑，而逼近的两人则是奥地利与俄国联军，他们正在进行瓦格拉姆之战。

运动场的一角有个巨大的雪人，顶着花盆，像戴着一顶土耳其毛帽，伸着一只手。这里就是小哥白尼的阵地。他藏在雪人身后，向"敌人"发起一阵猛攻后便看准时机抛弃了这一阵地，一边寻找新阵地一边冲了出来。北见和水谷一看到小哥白尼露出身影，便呐喊着狂冲上前。

小哥白尼手里还有两个雪球。他跑了几步，停下脚步，准备给追击上来的敌人来一记——好，这边一发！然而回头的同时，他心里一惊：明明应该追在后边的两人竟然不见了踪影。

这是怎么回事——小哥白尼失望地环顾四周。仔细一看，雪人附近站着一群人，还有人正嚷着"怎么了、怎么了"跑上前去。小哥白尼也急忙跑回去，凑到近前，不由得胸口一紧。北见和水谷正被五六个高年级学生围住，两人对面站着的不是别人，正是黑川。北见眉头紧皱，挺胸抬头，水谷则压低目光，安静地站在旁边。

"喂，都说了快道歉，快！"抱着双臂的黑川俯视着北见，"好不容易做出来的雪人被你们弄成这样，什么也不说就想跑，简直太狡猾了！"

"但我不知道是怎么回事。"北见依旧昂首回答。

"不知道？别胡说了！"黑川指着旁边的雪人大声说，"看清楚！都弄成这样了，还说不知道，说什么瞎话呢！"

戴着花盆的雪人伸出的手臂已被折断，作为骨架的竹子像骨折似的露了出来。

"我玩得着迷了才跑到这里,不小心碰了一下,不知道是怎么回事。"北见喘了口气说道。

"闭嘴!"黑川发出了可怕的声音,"我可不想听什么狡辩,乖乖道歉就饶了你。道歉!道歉!不愿意吗?"

北见盯着黑川的脸,过了一会儿低声说:"我道歉。"

"哼,道歉了就原谅你。那现在向我们所有人道歉!"

北见低下头,平静地说:"非常抱歉。"

看到这一幕的小哥白尼放下心来。他一直担心不已,但这么看来应该没什么事了。

然而正在小哥白尼左思右想时,高年级学生中突然传来恶狠狠的声音:

"声音那么小,听不见!"

"大声说一遍!"

"说清楚些,要清楚!"

北见低头沉默不语。

"喂,再说得清楚点!"

"怎么跟蚊子叫似的……"

"不说吗?!"

在你一言我一语的包围中,北见依旧保持沉默。黑川身旁一个秃鬓角的高年级学生烦躁地喊道:"喂,你听不见我们的话吗?让你说得清楚点!要道歉就好好道歉!"

黑川也摆出头目的样子,挺胸说道:"北见,再道歉一次,让大家都听清楚了！那样对你才有好处。"

北见抬起头，眼睛炯炯有神，脸颊紧绷，嘴唇抖动了片刻，虽然不甘，但不一会儿就脱口而出："对不起！"

北见的声音清晰洪亮，语气却像给了对方一巴掌。高年级学生一时间躁动起来。

"这语气算什么！"

"这也算是在道歉吗？"

"太狂了！"

黑川大手一挥，制止了众人七嘴八舌的逼问，走到北见面前。"喂，北见！你太狂妄了。"黑川的声音平静得让人毛骨悚然，"你到底把我们当什么？"

"……"

"对你来说，我们可是高年级学生。平常你就目中无人，明明是个低年级的，却不把高年级的当高年级的看，太没礼貌了。之前你刚上一年级，我们就睁一只眼闭一只眼，可你要是今天这态度，那我们也不能放过你了。"

"没错，没错，教训他！"不知是谁喊了一句。

北见依旧满脸怒气地紧抿双唇，一言不发。一旁看热闹的学生们交替看着黑川和北见，猜测着事态发展。小哥白尼已经彻底慌了神，既无法站出来，又无法离开，心怦怦直响，颈动脉扑通扑通剧烈地跳动。

这时，水谷开口了："北见他……北见他不是故意的，是

一时疏忽，所以——"

"你给我闭嘴！"黑川没让水谷说下去，然后继续道："北见，怎么样，今后是拿出低年级的样子老老实实服从呢，还是反抗？总之给我个回答！要是不回答，可不会就这么放过你。"

北见依然不发一语。

"你不说话我可不明白。怎么样，服从吗？"

"不！"北见悲壮地回答，他双眼一闭，使劲摇了摇头。

"你说什么——"

那个秃鬓角推开黑川站到前方。他似乎已经无法忍耐了，一步步靠近北见。就在他即将挥拳打向北见时，一个身影不知从哪里冲了过来——是浦川。

浦川站到秃鬓角面前。"北见他，没、没做坏事。我们……我们……"他情绪激动，没能说出后面的话。可能他自己也不知道该说什么吧，只是不停地摆手，拼命想要说什么，却说得结结巴巴。

"你这豆腐店的滚一边去！"

秃鬓角撞开了浦川。浦川踉踉跄跄，跌坐在雪地里。黑川一伙人哄堂大笑起来。

笑声还没停，就响起了让人毛骨悚然的啪的一声。秃鬓角打了北见一巴掌，眼中杀气腾腾。

"有……有像你这样的低年级学生，学校还能有规矩吗？"

秃鬓角说着进一步逼向北见，但水谷迅速挤进他们之间。浦川也起身跑了过来。两人脸色铁青，浑身颤抖，但仍然挡在北见前方保护他。

要站出来就趁现在！小哥白尼心中这么想，全身却哆嗦起来，无法下定决心。就是现在，就是现在——小哥白尼这样想着，却踏不出那一步。

"哟，这就有意思了。"黑川脸上浮现出夸张的笑容，"你们是要袒护北见啊，要和他联合起来反抗我们吗？有意思！有本事就拿出来瞧瞧！"说着，黑川迅速地扫视了一遍站在四周的低年级学生，"北见的同伙都给我出来！"

声音听起来真可怕，小哥白尼不禁低下了头，握着雪球的手不由自主地藏到了背后。

"还有北见的同伙吧？有就出来！"

秃鬓角跟在黑川后面嚎叫，阴险的目光一个劲儿地盯着低年级学生的脸。小哥白尼感到那目光射向了自己，立刻浑身发凉，藏在身后的手不由得扔掉了雪球，然后就再也抬不起头了。

"啊！"

水谷的叫声传到了小哥白尼耳中，随后黑川宣布："教训北见！"

话音刚落，咚、咚两声，是人的身体遭到拳头殴打的声音。

"打他！打他！"

黑川的同伙一齐高喊。小哥白尼提心吊胆地抬起头，看到北见倒在雪人脚边，浦川和水谷紧紧挨在一起，站在前方。雪球接二连三地飞来，一一打中他们的脸、胸口和腰部，但两人紧紧相依，没有离开北见身边。

当——当——当——

上课钟声传来。小哥白尼他们已经放学了，但高年级学生还有课。听到钟声，他们各自抛下几句话，便离开了。

高年级学生一走，水谷便靠到倒地的北见身边抱起了他。浦川捡起掉落的帽子，给北见戴上。

北见咬着牙站了起来，突然大喊一声"畜生"，猛地打向雪人。雪人从中间折断，上半身掉落在地，摔得粉碎。北见连看都没看，身体就像被人扔出去一样倒向水谷，一把抱住了他。

"太不甘心了！"

刚才一直强忍的眼泪决了堤，啜泣声从紧咬的牙缝里透出，北见把头埋在水谷肩上，浑身颤抖，号啕大哭。水谷眼中也立刻噙满了泪水，两人紧紧抱在一起，抽泣不已。看到这一幕，浦川也忍不住哭了出来，他脏兮兮的手背挡在脸上，整张脸都被泪水打湿了。

在场的低年级学生看着黑川等人离开后，纷纷走到三人身旁，但是看到眼前的情形，他们也无法再多说什么，窃窃私语了一会儿后，都三三两两地走开了，只剩下抽泣的三个人和小哥白尼。

小哥白尼耷拉着脑袋，有气无力地站在那里。他脸色苍白，神情呆滞地盯着脚边，一动不动。太阳又从运动场对面的校舍上方投下炫目的光芒，但拖着长长影子的小哥白尼却显得无比孤单。

是的，小哥白尼坠入了伸手不见五指的黑暗世界。

胆小鬼。

胆小鬼。

胆小鬼。

即使他不想听，还是会听到这无言的声音。一月五日，大家曾在水谷家约定，要挨打就一起挨，而小哥白尼却违背了如此坚定的誓言。好友北见就在眼前挨打，小哥白尼却一声抗议都没有，连忙都没帮，只是厚着脸皮任其发生。而水谷和浦川都认真遵守了约定，如堂堂男子汉般和北见共命运……

小哥白尼抬不起头。现在，就在五六米开外，北见他们正抱头痛哭，可小哥白尼无法靠近，也无法出声招呼。刚才还那么亲密的朋友已经成了永远无法再靠近、关系疏远的人，离自己远去。他独自跌落黑暗的谷底，被留在爬不出去的高崖之下。我到底做了些什么啊！怎么会做出如此无法挽回的事？小哥白尼不明白，自己为什么会做出这种事来。

小哥白尼低着头，刚才十五六分钟内发生的事如噩梦般在脑海里回放。在大块头高年级学生的包围中昂首挺胸的北见，黑川的侧脸，那个秃鬓角充满恶意的眼神，水谷保护北见时认真的表情，还有拼命想要表达、快要哭出来的浦川……是的，自己那时很想挺身而出，和水谷与浦川一起站在北见身前。要站出来就趁现在！要站出来就趁现在！小哥白尼在心里不知重复了多少遍，最终还是失去了机会，到头来都没能迈出那一步！

"其实我……"小哥白尼在心中说道，"其实我那时很想站出来，从没想过要逃跑，只是不知不觉就没能站出来……"

但是，当黑川高喊"北见的同伙都给我出来"的时候，那个不由得把拿着雪球的手背到身后的人是谁？被秃鬓角一瞪，便悄悄扔掉雪球的又是谁？小哥白尼回想起那时的自己。或许没人注意到当时的情形，但他自己一清二楚。那时的他感到血色从脸上瞬间一扫而去，那时的他曾经用余光偷偷确认有没有人在看他。小哥白尼是多么希望把这段记忆从心中消去啊！但不管怎么说，小哥白尼都背叛了朋友，无论做什么，都无法消除那毫无自尊的举动。啊，真是做了件可怕的事！做了件可怕的事！

小哥白尼实在抬不起头，眼泪也流不出来。在他的脑海中，三个人边笑边在闪闪发亮的雪地中追逐的场面已经成了很久以前的事。

就那样站了不知道几分钟，小哥白尼察觉到北见他们动了起来，于是抬起目光。水谷正说着什么，北见频频点头，准备朝校舍走去。

啊，他们就要走了，要想道歉就趁现在。如果失去这次机会……小哥白尼如此想道。可他仍然无法走上前去。太丢人了！身体仿佛被钉在原地，小哥白尼只能怯懦惶恐地偷瞄着三个人。

如果北见能看向我这边，哪怕微笑一下……如果水谷能过来说句话……小哥白尼不知有多盼望类似的场景出现。到时候，他肯定会不顾一切地冲向三人身旁，惶恐地哭出声来，为自己的所作所为道歉。但是，北见他们似乎对小哥白尼的存在视若无睹，径直走向校舍，只有浦川稍稍停下脚步，回头看了一眼小哥白尼。两人的目光碰在一起，浦川立刻露出怜悯的表情，似乎想说什么，但只持续了短短的两三秒。下一个瞬间，浦川也将后背转向了小哥白尼。

只剩下小哥白尼孤零零一个人了。看着三个人相依相偎走向校舍的背影，他有生以来第一次体会到了什么叫百爪挠心。

到头来，连道歉的机会也溜走了！小哥白尼后悔不已。更让他难受的是，那三个人看起来是那么亲密！小哥白尼忍不住想，他被排除在伙伴们之外了。北见将手搭在水谷的肩膀上，水谷搂着北见，浦川紧贴他们前行。

三人因同一危险而置身险境，共同品尝了难熬的滋味，共同流下了不甘的泪水。此时，他们真的已经异体同心了。虽然还有不甘，但已经有了可以相互信任的朋友，这份喜悦在不甘的作用下反而更让人沉醉——小哥白尼也能想象出来。越是想象，他就越觉得自己无比凄惨，已经失去了加入他们的资格。

水谷是小哥白尼自小学以来的朋友，和他比和任何人都亲密，如今却看都没看他，与北见搂着肩膀走了。就连那么尊敬、信任他的浦川也只是将怜悯的目光投向他，连句话都没说。

小哥白尼无精打采地站在雪地里，盯着三个人渐渐远去的背影，从未感受过的苦涩、炽热的泪水溢满了眼眶，让三个人的身影变得模模糊糊。

小哥白尼无力地垂下了头。

那天是怎么回到家的，小哥白尼几乎不记得了。无论是拖着洋伞走在积雪融化的道路上，还是坐在省线电车上，浮现在他眼前的，都只有当天发生的事。每当想到三人抛下他的最后一幕，他都会一次又一次涌出眼泪。

到家后也一样。母亲难得做了热松饼，小哥白尼却只吃了不到半个，晚饭也没怎么吃。母亲不知道发生了什么，担心不已。"是肚子疼吗？"

听到询问，小哥白尼仍然保持沉默。

"不舒服吗？"

小哥白尼还是不回答。

"怎么了啊，这副表情……"

母亲把手放在小哥白尼的额头上，发现烫得像着了火，用体温计一量，已经超过三十八度了。一身大汗又在雪中长时间站立，于是感冒了，原来小哥白尼真的病了。

母亲赶紧铺好床，让小哥白尼躺下，又是给他敷冰袋，又

是让他吃阿司匹林。小哥白尼还是没说话，这不光是因为身体不适让他不想张嘴，如果不故意装得冷淡些，眼泪恐怕会决堤般喷涌而出。母亲越是温柔，他就表现得越冷淡。

母亲似乎觉得小哥白尼态度冷淡是源于生病，再三拍了拍为捂汗而盖上的多层被子的被角，然后调暗灯光。"今晚好好睡一觉吧。"她轻手轻脚地离开了。

只剩下自己了，小哥白尼一直闭着眼睛。可是一闭上眼，运动场上发生的事还是会出现在脑中：黑川可怕的脸、秃鬓角的眼睛、倒在雪地上的北见，还有——还有对自己视若无睹的三个人的背影！小哥白尼咬着被子的边缘哭了，感觉到大颗的眼泪落在枕头上。

我被他们三人抛弃了，他们再也不会和我要好了，我这么痛苦……

小哥白尼忍无可忍，一把推开了被子。冰冷的空气穿过睡衣，扑到身体上，头部热得发烫，后背却瑟瑟发抖。每次恶寒袭来，小哥白尼都会浑身哆嗦，但他并不打算盖上被子。

最好病得越来越重！恶化，恶化，最终我会死吧……

啊，到了那时候，北见他们就会原谅我了吧？

第七章

石阶的回忆

小哥白尼感冒加重，卧床了半个月，一度严重到让人怀疑得了肺炎，连续三天从早到晚体温都接近四十度，意识模糊，痛苦不堪。在母亲昼夜无休的照看下，小哥白尼从第四天开始退烧，痛苦也减轻了不少，一周后已经能躺在床上读书了，但低烧和轻微的咳嗽症状一直没有消失，他只能继续卧床休息。

以前稍有感冒，小哥白尼都会说"这点儿感冒不算什么"，硬撑着也想去学校，但这次他老老实实地听了医生的话卧床休息，这反而让母亲担心起来。

到底怎么回事？是不是发生了什么？母亲不时歪头思考。

躺在病床上，小哥白尼仍然反复思考下雪那天发生的事，越是回想，他就越觉得去学校见到北见他们会让自己痛苦不堪。幸好他从那天起就病休在家，一直不用面对北见他们，但是他不可能永远如此，总有一天要上学，不得不和那三人相见。一想到未来，小哥白尼就惶恐不安。

难道希望永远都不和那三个人见面？这同样是小哥白尼无法忍受的。关系那么好的水谷、那么信任自己的浦川、那么让人心情舒畅的北见——如果那三个人不再理会自己，永远分道扬镳……小哥白尼光是想想就痛苦难耐。

到底怎么办才好呢？小哥白尼把下巴埋在衣领里，怅然若失地盯着天花板，一想就是好几个小时。

说实话，虽然和那三人面对面着实痛苦，但小哥白尼极其渴望能和他们恢复从前的友谊，他已经渴望得坐立难安了。只能前去道歉，让他们不再生气——小哥白尼也明白这一点，可到底怎么道歉才好呢？

小哥白尼脑海中浮现出许多借口。最重要的是，当北见被高年级学生围攻时，无论是北见还是水谷，肯定都不知道小哥白尼从头看到了尾。如果小哥白尼说他觉得奇怪返回来看时他们已经被打了，他们或许也不会发现破绽。

没错，这么一说，即使自己在那时没有站出来，北见也不会觉得不好。毕竟不是没有站出来，而是想站出来却没能赶上——

可是一想到浦川，小哥白尼立刻觉得行不通了。浦川就在围观的人群中，或许知道小哥白尼从一开始就在。要是那样，谎言立刻就会被揭穿。

那么，把生病当作理由怎么样？

"出事的时候，我觉得浑身冷得受不了，肯定是那时就已经病了。我觉得很不舒服，连站着都困难。没能站出来真的很抱歉，但那是因为我生病了，能原谅我吗？"

如果这么道歉，不知道能不能马上获得大家的原谅，但是出事前明明还和大家嬉笑打闹，突然就难受了起来，谁都难以当真。这么一想，这个借口也行不通。

那这么说怎么样——

"我原本准备像约定的那样站到黑川他们面前，却忽然想到如果我不站出来，仔细观察情况，事后再去做证，老师就会相信我的话，黑川他们一定会受到惩罚。为了给你们报仇，我最好忍耐下来按兵不动，一直观察到最后。正因为这么想，我那时才故意没有站出来。"

这么一说，自己就会成为有想法的人，就能够解释为什么没有遵守约定。不过他们会相信吗？万一北见真信了，还来道歉："是吗？对不起。我们不知道是那样，误会了你，对不起。"那样一来，小哥白尼还能心平气和吗？不，如果事情发展到那个地步，他肯定会无地自容。那才是真的欺骗了朋友啊。

即使没有其他人知道，在小哥白尼心里，那令人厌恶的记忆仍然清晰地保留了下来。黑川怒吼的那句"北见的同伙都给我出来"，听到那声音时不由得把拿着雪球的手绕到背后的自己，还有为了不让别人知道而偷偷扔掉雪球的自己！啊，这段记忆明明一直牢固地刻在脑海中，怎么可能假装成深思熟虑的伟人？怎么可能糊弄自己？

一想起那时的自己，小哥白尼就无比厌恶。到了关键时刻，自己竟然会变成那么胆小、卑劣的人，在那件事发生之前他做梦都没有想到。同时，小哥白尼也渐渐明白了，人一旦做了什么事，就再也无法抹去，这真是可怕至极。自己的所作所为就算他人不知，自己也心知肚明，就算自己已经忘了，只要做过，就无法改变。事情一旦发生，就没有任何方法能够抹去自己留下的形象。

"到底怎么办才好？到底怎么办才好？"

小哥白尼盯着天花板，不由得紧咬嘴唇。在天色渐暗、尚未开灯的房间里，独自一人思考这些事，让他有种难以言喻的孤独。

小哥白尼变得寡言少语起来，默默沉思的时候越来越多。要是在以往，他即使生了病，只要稍有好转，便会活蹦乱跳起来。每次生病，只要不妨碍身体，母亲在所有事上几乎都会满足他的要求，于是他总会充分运用病人的特权，提出形形色色的要求。然而这次，不管母亲说午饭要给他做蛋包饭、给他拿俄式点心，还是问他有什么想读的书，他都只是闷闷不乐地回答。为了让他打起精神，母亲跟他聊了又聊，可是到了最后，他却吐出一句"请安静一点儿"，不高兴地翻过身背对着母亲。母亲担忧地皱起眉头，强忍想要一问究竟的冲动，悄悄地起身离开。听到母亲轻轻叹气，小哥白尼扑簌簌地流下了眼泪。

对于小哥白尼来说，这件事真的太严重了，他的内心从未像现在这样不平静。父亲去世的时候，他虽然寂寞悲伤，常常落泪，却没有因悔恨而自责。身陷悲伤尚可获得救赎，这次无法挽回的后悔却不断折磨着他。半夜突然醒来便再也无法入睡，这样的情况已经不是一两次了。

小哥白尼反复思考自己的行为和想法，第一次知道了什么叫认真地审视自己。

这样的日子持续了很久。

不知不觉间，小哥白尼的心态平和下来。

无论怎样试图在别人面前掩饰，背叛朋友的事实已经无法改变，将会永远缠着小哥白尼，折磨着他的良心。他不再想办法去辩解，只是为自己的行为感到痛切的悲伤，对北见、水谷和浦川由衷感到抱歉。他想站在那三人面前，直率地道歉，说声"是我不好"。但只是这样做，他们真能原谅他吗？如果连小哥白尼都承认自己很卑怯，他们难道不会更加唾弃他吗？想到这里，小哥白尼迟迟难以下定决心。

星期天上午，明亮的阳光洒在房门上，架在火盆上的铁壶响起热水翻滚的声音。

舅舅躺在小哥白尼身旁，默默地读着报纸。

小哥白尼仰面朝天，像荡秋千一样摇晃着已经不再需要的冰袋。从冰袋架上垂下的温乎的冰袋摇出去又荡回来，小哥白尼像按压活塞一样摆弄着冰袋，想着其他事——说还是不说？

现在只有小哥白尼和舅舅两个人，正是说出口的好机会。他犹豫了好一阵子，终于开口了："那个啊，舅舅。"

"什么事？"舅舅的目光依旧落在报纸上。

"我……"

"嗯。"

"我……"小哥白尼说不下去了。他明明下定决心都告诉舅舅，可到了关键时刻还是难以启齿，但他还是逼自己说了出来："我不想去上学了。"

舅舅被小哥白尼沉重的语气吓了一跳，目光离开了报纸。"怎么了？"

"我……不想去上学！"小哥白尼生气似的又说了一遍。

"可是你的病已经快好了，而且不是也快考试了吗？"

"我就是不想去。"

"为什么？"

"因为，我……"小哥白尼再次语塞。

"太奇怪了，你以前——"

"不。"小哥白尼使劲摇了摇头，打断了舅舅的话，"舅舅，我……"说到这里，小哥白尼眼睛突然一热，眼泪立刻涌了出来。他强忍住抽泣的势头。"我……我做了不能被原谅的事。"

舅舅坐了起来，目不转睛地看着小哥白尼。

泪水从仰着脸的小哥白尼眼中流出，笔直地淌向耳边。

"到底怎么了？"舅舅平静地说，"能给我讲讲吗？"

小哥白尼一双泪眼盯着天花板，没有回答。

舅舅再次开口："来，不管是什么事都好，说给我听听。"

小哥白尼结结巴巴地跟舅舅说了大家在水谷家的约定、下雪那天发生的事，还有三个人已经抛弃自己的现状。说着说着，小哥白尼感到堵在胸中的东西终于得到了宣泄。快说完时，他的表达也顺畅多了。

"舅舅，我真的错了。难怪北见他们会生气，毕竟我做了卑怯的事，太懦弱了。"说完，小哥白尼如释重负。

"这样啊，原来发生了这种事。"舅舅似乎也松了口气，"那，小哥白尼，你想怎么办？"

"我不知道该怎么办，只希望北见他们能明白。"

"明白什么？"

"嗯……我做错事了，真的觉得很抱歉。直到现在，直到现在，我一想起来那件事，还是觉得无法忍受。"

"嗯。"

"而且啊，舅舅，我不是在为自己辩解，可我真的好几次打算站到黑川面前。"

"……"

"是真的，舅舅。我真的想要站出来。不过想是想了，我还是没能一咬牙冲上去。犹犹豫豫的时候，北见就被打了。我是个胆小鬼，没能站出来，但我一直很担心北见。我那时可没有满不在乎地围观，希望北见他们能明白这一点。"

"嗯，你说得没错。"舅舅表示赞同。

"我该怎么办啊？"

似乎是为了给小哥白尼打气，舅舅爽朗地答道："这还用想吗？你现在就写信给北见，向他道歉。这些话可不能一直藏在心里。"

小哥白尼还在犹豫。"但是，舅舅，那样就能让北见他们不再生气了吗？"

"我也不知道。"

"那我不想写了。"

舅舅闻言，表情突然严厉起来。"润一！"舅舅已经不再用小哥白尼这一称呼，严肃地说道，"你这样想可就错了。你不是违背了朋友之间的坚定誓言吗？你不是害怕黑川的拳头，最终没能和北见他们肩并肩吗？而且你自己也感到抱歉，说难怪北见他们会生气。明明如此，你为什么还说这种话？为什么不能像男子汉一样，为自己的行为负责到底？"

小哥白尼有种被鞭子啪啪抽在身上的感觉。

舅舅语气激烈地继续说道："就算北见和水谷要跟你绝交，你也不能抱怨。你没有资格说半句怨言。"

小哥白尼猛地一闭眼，露出悲伤的表情。

"和亲密的朋友因这种事而分开，的确让人难受。"舅舅恢复了平静的语气，"你希望北见他们能和你重归于好，这种想法我也明白。但是，小哥白尼，现在你不能考虑这些，你必须先像个男子汉一样向北见他们道歉，将心中的歉意原封不动地告诉他们。至于结果如何，现在还不是考虑的时候。如果你能真诚地认识到自己的错误，北见他们或许不会再生气，像之前一样和你做朋友，也可能愤怒依旧，与你绝交。无论你现在怎么想都不会知道答案，但是，就算绝交，你也不能抱怨什么。小哥白尼，你现在必须拿出勇气。无论多么痛苦，既然是自己造成的结果，就必须做好心理准备，像个男子汉那样忍耐。你想想看，这次你会犯错，不也是因为没有做好准备吗？一旦约定好，那么无论发生什么都要遵守，你不正是缺乏这种勇气吗？"

小哥白尼闭着眼睛，默默地点了点头。

"不要错上加错。小哥白尼，你要拿出勇气，别再多想，做你现在该做的事。过去的事已经不能再改变了，你要考虑现在的事。你要挺胸抬头，去完成你该做的。小哥白尼，不能因为这种事而垂头丧气。来，打起精神，给北见他们写封信，如实写下你的心情，请求他们原谅。这样你才能心情舒畅起来。"

小哥白尼默默地听舅舅说完，睁开一双泪眼。他没有看舅舅，而是盯着上方，坚定地说："舅舅，我写！"接下来，仿佛经过了深思熟虑，他继续说道："如果北见他们不原谅我，我一定会等——等到他们原谅我为止。"

那天午后，小哥白尼花了很长时间，给北见写了封信。

北见：

在你被黑川那伙人抓住、经历那种遭遇时，我虽然在那儿，却一直默默地在边上看着。看到水谷和浦川没有逃跑，陪在你身边，我最终还是没有站出来。

我们曾经拉钩约定，要一起挨打，这件事我记得很清楚，可我却没有遵守约定。我的所作所为真的、真的窝囊透顶。

我不知道该怎样道歉，对你，对水谷，对浦川，我做了那么过分的事，我真的很后悔。一回想起那件事，我心中就难受极了。

无论你们说我是卑怯的人还是胆小鬼，我都不反驳。

就算你们看不起我，提出绝交，我也没有资格说什么。

我只是觉得自己做错了，真的十分后悔，甚至觉得不如死了好。我只想让你们知道，我是真的错了。

我没有勇气，最终没能站出来，但我没有哪怕一秒不在意你们的安危。

　　这份心情现在也一样。我希望有一天你们能明白我的心，我一定会尽力让你们明白。这次，我一定会拿出勇气给你们看。

　　如果可能，请相信我。

　　如果你相信我，我会非常开心。

本田润一
三月 × 日

请把这封信给水谷和浦川也看一下。

　　写好信，小哥白尼请女佣立刻寄出，随后，他把写坏的信纸撕碎扔进纸篓，收拾好枕边，躺下身来。不知是疲惫还是安心的感觉化作深深的叹息，小哥白尼感到长久以来紧绷的东西瞬间舒缓下来，他精疲力竭地闭上了眼睛。

　　"这样就好，这样就好。"不知从哪里传来了微弱的声音。

　　小哥白尼已经不再思考了。他试图捕捉那遥远又微弱的声音，迷迷糊糊地被浸入身体的睡意俘获……

　　第二天也是好天气。

　　阳光洒满了朝南的拉门，屋内亮堂堂的。铁壶依旧不停地自言自语。

小哥白尼在床上读书，打算慢慢补回病假期间落下的功课，但是没读完一页，他的目光便离开了教科书，越过拉门上的玻璃，入神地望着晴朗的天空。

那封信昨晚是不是已经送到北见家了？要是那样，北见今天一定会把信带到学校，拿给水谷和浦川看。但是昨晚也可能没送到，那就是今早送到，北见应该还没时间看……

小哥白尼一遍又一遍地想着这件事，偶尔回过神来，收起思绪，再次回到教科书上，尽量不分心。收到信的北见是怎么想的？水谷和浦川说了什么？三人究竟能否不计前嫌？一旦思考到这个程度，小哥白尼便再次被拉回写信之前的痛苦中。这可不行，这可不行，现在不能想这种事，小哥白尼对自己说，决定不再过多思考。

没错，小哥白尼还是不想为好。关于自己的过错，能思考的都思考过了，该后悔的都后悔过了，该觉得痛苦的也都痛苦过了。现在，他必须抬起头来面向前方，思考该怎样过好接下来的生活。

"今天要学习吗？"

听到母亲的声音，小哥白尼回头一看，发现母亲站在那里，手中的花瓶里插着桃花。

"很漂亮吧？"

小哥白尼微微一笑，点了点头。桃花的枝条从母亲胸前向上延伸，遮住了母亲半边脸，枝条上缀着许多花，有半开的，也有花苞，水盈盈的红色漾成一片，饱满的花朵在小哥白尼眼里可爱而美丽。

母亲把花瓶放在壁龛处，然后坐在小哥白尼身旁，开始织东西。小哥白尼再次读起书来。两人几乎没有交流，静谧的房间里只有水沸腾时铁壶盖咔嗒咔嗒的声响。

当小哥白尼再次发呆般眺望天空时，母亲开口了，声音平缓而温和：

"润一，妈妈每次像这样织东西时，就会想起一件事。那时我在女子中学上学，回家的路上经常故意绕路，走到汤岛的天神下交叉路口，穿过天神神社，回到位于本乡的家里。每次我一定会登上神社后面的石阶，进入神社。不知你知不知道，神社后面如今应该还保留着旧石阶呢。以前走过那寂静的石阶时，即使是在白天，也会觉得空气一冷，不知现在怎么样了……

"有一天，我正要登上石阶，发现有个老奶奶正单手提着棉布包袱，走在我前面五六级台阶上。她大概已经年过七十了，还记得她整齐的白色短发扎在脑后，缎子做的细腰带系得平平整整，是个身材矮小的老奶奶。她的和服下摆披着，白色的腰带下方露出套着白色短布袜的纤细小腿。她用洋伞当作拐杖，勉勉强强往石阶上爬，包袱里不知道装了什么，小小的一包，看起来却沉甸甸的。因为穿着带跟的木屐，每次踩石阶都会发出咔嗒咔嗒的摩擦声，让人看着就觉得危险。她每上两三级台阶就休息一下，每休息一下便会伸展身体，然后再次费力攀爬。看到这一幕，我觉得不能坐视不管。

"我想，必须帮她拿行李。快步跑上去追上老奶奶并不费事，拿过她的行李，再拉起她的手，对我来说并不困难。我打算等老奶奶中途停下伸展身体时跑到她身边，但是每次我一准备靠近，老奶奶就会迈开步子。看到她弓着背、心无旁骛似的向上走，我就觉得没有什么搭话的机会了，便不再追赶，默默地跟在她身后。

"我跟在后面，心想等到她休息的时候，就走到她身旁，跟她说'老奶奶，我帮你拿吧'。但是老奶奶一停下脚步，我就觉得不好意思，无法立刻跑上前去。我正想着该怎么办，老奶奶又专心地开始爬了。

"等再次停下的时候——我这么想着，依然跟在老奶奶身后爬石阶，但是到了下一次，机会又在我犹豫的间隙溜走了，还是没追上去。

"这样的情形重复了两三次，石阶毕竟没有那么多，老奶奶最终爬上了顶端。而我一再犹豫后，也追上了老奶奶，我们同时踏上了最后一级石阶，抵达神社。对于我紧随其后思来想去一事，老奶奶一无所知。走完石阶后，她立刻把包袱放在旁边的石凳上，似乎一时也忘了坐下，只是挂着洋伞，气喘吁吁地眺望下方的街道，肩头一起一伏。当我从她身边走过时，她倒是看了我一眼，却没有露出特别的表情，而是再次望向了远方。我至今都还记得她的表情，真是不可思议啊。

"润一，我要说的就是这些。直到很久以后，我还会不时想起这件事，在各种各样的时刻，以各种各样的心情回想起来。"

母亲说到这里，微微停顿了一下，钩毛线的手却没有停歇，脸上露出回想起遥远往事的表情。没过一会儿，她又平静地继续说道：

"我看老奶奶很吃力，想帮她拿行李，可最终没能做到。就是这么简单的事，却不可思议地深深留在了我的心中。那时也一样，和老奶奶分开后，在独自回家的途中，我边走边思考了很多。在老奶奶停下来的时候，我为什么没能立刻冲上去？为什么没能将心中所想付诸行动？一想到这些，我就觉得做了件错事。石阶都已经爬完了，自己难得的心意也就变得一无是处，将心中所想付诸行动的机会也不会再有第二次。在老奶奶站上最高一级石阶的同时，机会也就永远地离开了。虽然都是微小的事，可我还是很后悔，事后追悔莫及。不管是这种微不足道的小事，还是后果严重的大事，事发后都同样无法挽回。

"那件事已经过去多少年了呢？那时我在女子中学上四年级，所以应该已经过了二十多年了。后来，我长大成人，嫁给你爸爸，生了你，直到去年你爸爸去世。这二十年间发生了很多事，唯独这段关于石阶的回忆仿佛就发生在最近，还记得清清楚楚，因为我后来遇到了很多事，经常回想起那时的情形。

"润一，长大后我也时常感到后悔，为什么那时候没能将心中所想付诸行动呢？无论是什么样的人，如果真真切切回顾自己的生活，大概都会有一两段类似的回忆。与孩提时代相比，人们年龄越大，就越会因为更大的事情、更加无法挽回的事情而产生这样的思绪。你爸爸去世后，我就总是想：啊，那件事如果做了就好了，这件事如果做了就好了。"

母亲停住钩毛线的手，和小哥白尼一起透过拉门的玻璃窗

望向水蓝色的晴空。片刻之后,她仿佛整理好了心情一样,表情又明快起来,微笑着继续说:

"但是啊,润一,我并不讨厌关于石阶的回忆。事后我确实很后悔,觉得当时那样做就好了、这样做就好了,但是也有其他事情让我觉得'还好当时我那么做了'。我的意思并不是从损益得失的角度去回想过去,而是心中有温暖美好的思绪后,就将其付诸行动,事后也会觉得'当时这么做了,真好'。现在再去回想,多亏石阶上的回忆,我后来才有了那么多其他的美好回忆。

"真的是这样,如果没有那段回忆,我大概无法践行心中

正面、美好的想法。人一生中的每一次邂逅都是唯一的，不可能重新来过。如果没有那段回忆，我或许要到很久之后才能明白，当邂逅发生时，我必须切切实实地展现出自己内心的美好。

"所以，我不觉得石阶上发生的事让我有所损失。后悔是后悔，却让我学会了一件在后来的人生中非常重要的事。能切身感受到他人的善意，也是在那件事之后。"

小哥白尼觉得，母亲的话与他最近强烈的悔恨结合在一起，每一句都那么清晰明了。

"所以啊，润一，"母亲依旧继续着手中的活计，并没有看向小哥白尼，"你也一样，将来也可能会经历和我同样的事，说不定会比我的经历痛苦得多，事后更悔恨。

"但是，润一，就算发生了那种事，也绝不是什么损失。如果你只考虑那件事，那么确实无法挽回，但是如果你后悔了，而且因此明白了做人重要的道理，就不枉费你有那样的经历，之后的生活也会比以前更好、更加深刻，因为你会成为比以前更成熟的人。所以无论何时，你都不能对自己感到绝望。如果你能振作起来，那就太了不起了，肯定有人会明白的。

"就算不能被人所明白，神明也会看得清清楚楚。"

听完母亲的话，小哥白尼的眼睛渐渐湿润了。母亲或许已经从舅舅那里知道了这次的事。虽然知道，但没有直接提起，而是讲了这样的故事，这就是小哥白尼的母亲！是不动声色地鼓励他的母亲！小哥白尼一直强忍泪水，但泪水还是溢出眼眶，一滴又一滴地掉了下来。之前小哥白尼流过许多次眼泪，但这次流的不一样。

窗外的天空带着春日的暖意，透着宁静而深邃的晴朗。

人的烦恼、过错与伟大

人之所以伟大,在于人承认自己的不幸,一棵树并不会承认自己是不幸的。所以,不幸的是知道自己的不幸,但知道自己不幸也是了不起的。人的不幸可以证明人的伟大……这是一个废黜的国王的悲剧。

除了被罢黜的国王,谁会因为自己不是国王而感到不幸呢?谁会因为自己只有一张嘴而感到不幸呢?谁会因为只有一只眼睛而不觉得自己不幸呢?可能从来没有谁因为自己没有三只眼睛而感到难过,但所有人都会因为一只眼睛都没有而感到难过。[①]

——帕斯卡

本应身处王位的人,若是被剥夺王位,必然会觉得自己不

[①]译文参考自《人是一根会思考的芦苇》,帕斯卡著,郭向南编译,北京联合出版公司,2017年2月第1版。

幸，为现状感到悲伤。因为他本来拥有王位，现在却失去了。

同样，只有一只眼睛的人会感到不幸，也是因为人类原本拥有两只眼睛，自己却有所欠缺。如果人类原本就只有一只眼睛，肯定不会有人为此感到悲伤，反倒是生来就有两只眼睛的人，肯定会伤心地认为自己是有缺陷的残疾人。

小哥白尼，我们必须深入思考这件事，这将会教给我们重要的真理，告诉我们人类的悲伤和痛苦中到底蕴藏着怎样的含义。

我们活在这个世上，无论是孩子还是大人，都会遇到属于各自的形形色色的悲伤、辛酸与痛苦。当然，这是任何人都不希望看到的，但是，正因如此，我们才能了解人类本来的模样。

不光是心灵感受到的苦涩和疼痛，身体直接感受到的苦涩和疼痛也具有同样的意义。如果健健康康，感觉不到任何不适，那么我们就会慢慢忘了心脏、胃、肠等各种内脏在身体中一直发挥着重要的作用。只有当身体出现异样，比如心跳加快、腹部疼痛，我们才会想起自己的内脏，意识到身体出了问题。而我们之所以会感到疼痛、觉得痛苦，也是因为身体出了问题，反过来说，多亏能感到痛苦，我们才能察觉到这一点。

感到痛苦，知道身体出了问题，这正是痛苦将身体的不正常状态告诉了我们。如果身体出了问题，却没有任何不适，我们就会毫无察觉，有时可能会因此失去生命。其实蛀牙也一样，如果感觉不到疼痛，洞就会渐渐扩大，不知不觉就会导致治疗不及时。虽然任何人都想避免身体疼痛，但从这个角度来看，疼痛是值得我们感激的，是必要的——我们由此发现身体出了问题，同时也清楚地明白了人的身体原本应该是什么状态。

同样地，当人不处于为人应有的正常状态，心灵才会感到痛苦和煎熬，让我们知道出了问题。内心感到痛苦，我们才能认清人原本应该是什么模样。

人与人原本就应该和平共处，所以当人与人无法和平共处时，会感到痛苦。人本来应该互相关爱、心怀好意，有时却不免相互憎恨、彼此敌对，所以人会因此感到不幸，觉得痛苦。

同时，生而为人，无论是谁都应该发挥自己的才能，选择适合自己的工作，但正因为有无法实现的时候，人才会感到痛苦难耐。

人之所以经常感到不幸和痛苦，是因为人原本不应该相互憎恨或敌对，原本就该自由发挥与生俱来的才能。有的人认为自己过得凄惨，备受煎熬，是因为人原本不应该过得这么凄惨。

小哥白尼，我们必须时时刻刻从自己的痛苦与悲伤中汲取这样的知识。

当然，也有的人觉得自己不幸，是因为他任意妄为的欲望没有得到满足。还有的人执着于无聊的炫耀，过得很辛苦。但是，这些人的痛苦和不幸都源于他们有任意妄为的欲望，无法丢弃无聊的虚荣心。只要扔掉那些欲望和虚荣心，痛苦和不幸就会同时消失。在不幸与痛苦的背后隐藏着这样一个真理：人类不应抱有任意妄为的欲望和无聊的虚荣心。

如果只涉及感到痛苦一事,那么自然不限于人类。猫狗也一样,受伤了就会流泪,寂寞了就会悲伤地叫。身体的疼痛、饥饿、干渴,人与其他动物没有什么不同。正因如此,当我们面对狗、猫、马、牛时,也能把它们看作同样活在这片土地上的伙伴,对它们有同理心和爱。但是,只是那样做,体现不出人类该有的样子。

同为痛苦,只有人类能感受到的、属于人类的痛苦,才能够教给我们做人的道理。

那么,只有人类能感受到的、属于人类的痛苦,究竟是什么呢?

即使身体没有受伤也不饥饿,人依然能感受到伤害和饥渴。

如果一心一意满怀希望的努力被无情地打碎,我们的心灵就会流出看不见的血;如果生活中感受不到温暖的爱意,我们的心灵很快就会充满难耐的渴求。

在这些痛苦中,能刺入心灵最深处、让眼中流出最辛酸眼泪的,是意识到自己犯下了不可挽回的过错。回顾自己的行为,不从得失出发,而是从道义上觉得"完了",恐怕没有什么事比这更让人痛苦。

没错,承认这点也让人非常痛苦,因此大多数人都会想方设法找借口不予承认。但是,小哥白尼,在天地之间,只有人能够在犯错时堂堂认错,并为此而痛苦。

人类如果并不知道什么是对的，也没有能力以此为基准来决定自己的行动，那么反省自己的所作所为并因犯的错误而后悔就失去了意义。

我们会受到悔恨的折磨，是因为我们知道当初明明有足够的能力避免犯错、不那样做。如果我们没有能力遵从正确、理性的声音去行动，也就不会品尝到悔恨的苦果。

承认错误令人痛苦，但人之所以伟大，正因为我们会为了犯错而感到痛苦。"除了被罢黜的国王，谁会因为自己不是国王而感到不幸呢？"如果不具备遵从正确道义行动的能力，就不会因想到自己的过错而流下痛苦的泪水。

只要是人，总会犯错。只要良心没有麻痹，犯下错误的意识必然会让我们体验到痛苦。但是，小哥白尼，我们总会在痛苦中汲取崭新的自信，因为我们拥有沿着正确道路前行的力量，才会尝到犯错的痛苦。

歌德曾说过："错误同真理的关系，就像睡梦同清醒的关系一样。一个人从错误中醒来，就会以新的力量走向真理。"

我们拥有决定自己言行的力量，因此会犯错。

但是——

我们拥有决定自己言行的力量，因此能从错误中重新站起来。

小哥白尼，正因如此，你所说的"人类分子"的运动才和其他物质分子的运动不同。

第八章

凯旋

听了母亲的话后,小哥白尼第二天就下床了。他已经痊愈,医生也说再过两三天就可以上学了。他在床上躺了两周,现在终于下床开始在家中走动。

距离寄信已经过了三天,北见会怎样回复?小哥白尼已经决定不再去想,但还是不由得期待。一到邮差送信的时间,他就格外注意门口的邮箱,时不时若无其事地前去查看。三天过去了,还是没有收到任何回应。

第四天午后,二楼的走廊被太阳照得暖洋洋的,小哥白尼正在剪脚指甲,突然听到咚咚咚的脚步声,母亲罕见地快步跑上楼梯。

"润一,有客人来了!"母亲还没上到二楼,就开始喊了。她带着掩饰不住的喜悦跑到小哥白尼身旁,调整了一下呼吸。"是北见,北见来了,水谷和浦川也——"

"啊？"小哥白尼睁圆了眼睛，"真的，妈妈？"

"当然是真的，真的来了，快去玄关吧！"

小哥白尼不顾一切地一跃而起，顾不上再看母亲一眼，飞快地跑过走廊，下了楼，丝毫没有注意到手里还拿着指甲刀。

冲到玄关一看，三人并排站在门口的水泥地上，表情就像相互重叠一样，一齐映入小哥白尼眼中。北见在笑，水谷在笑，浦川也在笑，三个人都露出了熟悉的微笑看着小哥白尼。

"你好！"看到小哥白尼，北见突然用充满活力的声音打了个招呼。

那声音明亮欢快，一举吹散了小哥白尼两个星期以来阴郁的心情。伴随着那声音，运动场上几百个学生嬉笑玩耍时的热闹空气似乎都呼地吹进了玄关。

"病好了吗？"看到小哥白尼还没走过来，北见继续招呼道。

"谢谢，已经好了。"小哥白尼高兴地回答，走到北见身旁。

"从什么时候不再卧床的？"水谷问。

"从昨天开始。"

"那能上学了吧？"这次说话的人是浦川。

"嗯，我想后天去。"

一问一答间，小哥白尼感觉自己的表情渐渐明亮起来了，仿佛每回答一句，他的身体就会明显变轻，一个劲儿地向上飘浮。

三个人围绕小哥白尼的病情热闹地问答了一阵子，话头突然断了。小哥白尼和北见他们都有些不知道该说什么，一时沉默下来。应该说，他们知道接下来该说什么，却说不出口。那件事发生后，小哥白尼还是第一次见到北见他们，他觉得必须道歉，北见他们也觉得必须要对小哥白尼的来信做出正式回复。但是如此面面相对，还有必要重新提起那件事吗？从北见的第一句话就能明白，他们已经不把那件事放在心上了；只要看一眼小哥白尼的表情，就知道他已经察觉到了这一点。小哥白尼和他们偶尔眼神交会，没来由地相视一笑，就那样默默地站了一会儿。

"你们今天是怎么了？"小哥白尼终于找到了切入点。

"什么意思？"

"今天学校不放假吧？"

"啊，是啊，今天学校提前放学了，听说老师们要开会，很多其他学校的老师都来了。"北见代替大家回答，随后他又不加停顿地继续道："你的信啊，是大前天收到的。前天我拿给水谷和浦川看了，大家准备一起写回信。结果昨天得知今天会提前放学，我们就商量不写信了，直接一起来你家。"

小哥白尼垂下了目光。

北见又说道："那件事你不用在意，我们已经都忘了——对吧，水谷？"

"嗯。"水谷应了一声，冲小哥白尼说道："本田，你真的不用在意，否则我们可就头疼了。"

"但是，我——"

小哥白尼正要说什么，浦川打断了他："别再提那件事了，小哥白尼！反而是我们都没写信问问你的病情，真的很抱歉。那件事后我们可是大闹了一场。"

"真是大闹了一场呢。"北见也说。

随后，三个人轮流向小哥白尼说明了那件事的后续发展。仔细一听，果然是大闹了一场。

听说水谷也和北见一起遭到了过分的对待，水谷的姐姐怒气冲天。那天她一直等到很晚，直到父亲回来，报告了事情经过，恳求父亲第二天无论如何都要去学校谈判。父亲说公司有事，后天才能去，但胜子完全不听，最终让父亲答应了第二天就去。

北见的父亲则大发雷霆。他是预备役陆军大佐，一听到那件事，气得说要让北见退学。他认为，对高年级学生没表现出低年级学生应有的态度，这是北见不对，但应该由老师来惩罚，高年级学生没有那样的权力。北见有错，被打也没办法，可是不能放过破坏规则的高年级学生。"如果学校这样纵容高年级学生，就没有理由再让我儿子去上学，干脆退学吧！"他就是这样生气地向学校表达不满的。

在浦川家，母亲比父亲更加愤怒。就算是贫穷的豆腐店主家的儿子，也是母亲的宝贝。就算是笨蛋，就算没本事，只要他没做坏事，就不该受这种委屈。学校只重视有钱人家的孩子吗？这种不公我可忍受不了！浦川的母亲抓着父亲一通发泄，仿佛是父亲犯了错。第二天，她也去了学校，询问老师到底是怎么回事。

同时有三个家庭提出抗议，学校的老师们也惊讶不已。由于肇事者是马上就要毕业的五年级学生，老师们原本想尽可能宽大处理，但事已至此，不可能放任不管，于是把黑川等人叫到面前，连日调查事情的来龙去脉。虽然他们行事低调，但传言很快就在学生们之间扩散开来。一时间大家都在谈论这一话题，校内躁动不安。

老师们反复讨论，一个星期后，终于下达了处罚决定：黑川和秃鬓角停课三天，黑川的同伙即那些一起动手扔雪球的学生受到了谴责。所谓谴责，是被校长叫去训话。处罚决定公布后，校长把全体学生召集到讲堂进行了特别训话，避免有人产生误解。总之，这是学校近来没有的大事。

最不知所措的人是北见。一和父亲讲起那件事，父亲就说："你做得也不好。在这件事告一段落之前，你都给我在家反省！"北见的父亲一向风格鲜明，性格倔强，话一旦说出口就绝对不会让步。无论北见如何恳求父亲让他上学，父亲始终坚称"说了不行就不行"，怎么也不答应。北见被关在家里长达一周，直到这件事最终平息下来。

"所以，我们虽然听老师说你生病了，却没能来探望。在事态平息之前，我们都不知道会发展成什么样，因此就没有回信。"北见解释道。

四个人聊得入了神，一直默默站在旁边的母亲插了句话："润一，别站在那里聊了，请大家进来怎么样？"

"没错，没错，我都糊涂了——快进来吧！"

然而北见他们表示今天时间不太充裕，站着聊一会儿就得走了。一问理由，原来水谷的姐姐正在车站等待。

"胜子姐姐为什么会来这里的车站？"小哥白尼不可思议地问。

水谷说，胜子就要从女子中学毕业了，今天来小哥白尼家附近的女子大学取入学申请说明书。她和三人一同前来，然后独自前往女子大学，回家时也打算同路，便约定在车站碰面。水谷说完后，脸颊微红地从口袋里拿出一个水蓝色信封。"对了，对了，我还带来了姐姐的信。"小哥白尼立刻打开信封。

小哥白尼：

　　你的病怎么样了？听说一度相当严重，不知后来如何，我很担心。

　　昨天，弟弟给我看了你写给北见的信，他把信拿回家了。

　　读了那封信，我非常感动。能和你这么善良的人成为朋友，我弟弟真的很幸福。

　　说实话，听说你那时没能和大家站在一起，我相当生气，大家明明都约好了。但是，读了你的信后，我已经不再那么想了。我边读边流下了眼泪。

　　希望你和我弟弟不要因为那件事产生芥蒂，另外，我想代替弟弟请求，今后也请和他一直做好朋友。

　　保重身体。

胜子
三月 × 日

小哥白尼读着信，手不禁颤抖起来。"胜子姐姐正在车站等着？"他兴奋地问水谷。

"嗯，可能已经到了。"

"可以请她来我家吗？"

"嗯，可以是可以，只是她不好意思打扰。"

听到这里，小哥白尼回头冲母亲说："妈妈，可以把水谷的姐姐也叫来吗？"

"嗯，当然可以。只要她不介意，欢迎她来。"

"那我这就去叫她。没问题吧，妈妈？"

"嗯……"考虑到小哥白尼刚刚病愈，母亲有些迟疑，但很快便下定了决心，"没问题，出门小心，但一定要围好围巾、穿好大衣啊！"

母亲还没说完，小哥白尼已经跑向里屋。他围好围巾跑了出来，跳起身摘下挂在玄关的大衣穿上。"那我出去一趟。"

北见他们也打算一同去。母亲请三人在家中等候，但他们还是选择了同行。

"慢慢走，润一，一会儿和大家坐出租车回来吧！"

母亲的话从身后传来，小哥白尼已经套上木屐冲出了玄关。

没过多久，四个少年和胜子已经乘上汽车，驶向小哥白尼家。车子驶过原野，穿行在道路两旁栽种的朴树之间，顺畅无阻。

"喂，小哥白尼，"胜子问坐在身旁的小哥白尼，"你给你妈妈看我写的那封信了吗？"

"还没有。"

"可不要让她看到啊,虽然我觉得她可能会看到,所以用词非常小心。"

"那不就没问题了吗?"

"不行啊,那是给你的信,可不是给你妈妈的。"

"可是——可是胜子姐姐你不是也读了我给北见的信吗?"

"你!"

大家都笑了。车子一路播撒着笑声,一刻不停地行驶在明亮的阳光下。被矮树篱笆夹在中间的白色道路远远地伸向前方,尽头是一幢铺着瓦顶的房子,沐浴在暖融融的阳光中。

矮树篱笆在左右不断流动,屋顶慢慢近了。从那里一转弯,就是小哥白尼的家。

小哥白尼觉得自己刚刚打完了一场战役,得胜归来。

第九章

水仙的芽与犍陀罗的佛像

那封信让小哥白尼和三个朋友和好如初了，其实三个人原本就没有太计较，不像小哥白尼想的那样。不过到了如今，一切都无所谓了。虽然小哥白尼曾独自一人左思右想、苦恼不已，但他也因此明白了该如何审视自己的行为和思考，如何看待自己的生活。

无论是"认识你自己"还是"自省"这样的话，小哥白尼从小学以来已经见过不知多少次，觉得是陈词滥调，每次看到都会觉得不耐烦。小哥白尼早就知道这些句子的含义，如果在语文考试中有解释这些句子含义的考题，他都能漂亮地获得满分。但是，知道字面的含义不代表就能掌握背后的真理。最近，小哥白尼终于渐渐开始明白什么叫自省了。

小哥白尼的一言一行中，既有不可思议地颇似大人的地方，也有仍然充满孩子气的地方。如果说那是理所当然的，或许也没错。小哥白尼正迎来十五岁的春天，正在从孩子慢慢变成大人,他自己也察觉到了这一点。大人使用的球棒很沉,他还无法自如挥动,但是如今再拿起小学时父亲给他买的球棒,却觉得又轻又短,连他自己都不敢相信曾拿着这球棒打球。

总之,小哥白尼变了。舅舅似乎也注意到了这一点。在学年考试结束,小哥白尼即将要成为中学二年级学生的春假,舅舅把那个红褐色的笔记本交给了小哥白尼,让他好好读一遍那些长时间积累下来的笔记。

那是春分那天发生的事。

小哥白尼家的佛龛正面摆放着父亲的遗像,前面摆满了鲜花和水果。平日里毫不起眼的佛龛在这一天色彩缤纷。小哥白尼趴在佛龛前,打开全新的笔记本,似乎正在绞尽脑汁思考着什么。

笔记本是母亲特意为小哥白尼挑选的,他也一直想在上面写点什么。之前,小哥白尼读了舅舅的笔记后,拿给母亲看。母亲把笔记本还给他时,送了他一个新笔记本,建议他今后也写下自己的感想。小哥白尼歪着头,正打算写下感想。

但是感想既不会自然冒出,也不是想有就能有的。读了舅舅的笔记,小哥白尼懂得了很多,但与舅舅的思考相比,他的脑海中并没有涌出更精彩的内容。虽说感想不少,可一落到笔上,却怎么也归纳不好。小哥白尼的心不知不觉离开了笔记本,飘到了厨房。母亲和女佣正忙忙碌碌按彼岸会[①]的规矩制作萩饼。

[①] 在春分日和秋分日及其前后3天举行的佛教活动,以念经和扫墓等为主要内容。

感想可不像萩饼，是做不出来的。小哥白尼这样想着，却无法将它作为新笔记本的开篇语。最终他放弃了，站起身来。

打开拉门，天气晴朗，庭院里盛开着黄水仙，鲜艳的黄色仿佛能让人立刻清醒过来。

小哥白尼来到庭院中，沐浴着阳光开始散步。

枫树枝干上有着坚硬外皮的部分，长出了鲜红的嫩芽；八角金盘的顶端，可以看到包裹在厚重外衣中的新芽像竹笋般露出头来；吊钟花纤细的枝条前端，缀着小巧的花苞。庭院各处，数不清的新芽都想一窥外部世界，有的从柔软的土里拱出，有的撑开坚硬的树梢。比其他生命更早从地下探出头的草叶抬起生机勃勃的脸，拼命向上伸展，仿佛恨不得让人赶快看到它们。

小哥白尼心情愉悦。已经到了可以脱掉厚毛衣的时候了，距离运动场上响起球棒击球声的日子也不远了。

突然，小哥白尼在庭院一角的扁柏树下发现了沾满污泥的软式棒球。去年秋末费了好大功夫也没有找到，没想到竟然滚到这里了，小哥白尼笑着捡了起来。棒球保持着去年秋天滚到这里的样子，一动不动地度过了整个冬天。想到雪花曾在这沉默的球上积了又化，化了又积，小哥白尼清晰地感受到漫长的冬天终于过去了。

小哥白尼从走廊下方拿出小铲子，把在背阴处发芽的花草转移到日照充足的地方。同样是黄水仙，长在日照良好之处的已经开花，背阴处的却连花苞都还没长出来。小哥白尼在庭院里转来转去，一发现可怜的花草，就把它们移到暖和的地方。

应该没有了吧！小哥白尼环视四周，一株微微探出芽的小草进入他的视线，离棒球掉落的地方很近。那边还有一株啊，小哥白尼赶紧动手挖起来。

没挖几下，小哥白尼就感到不太对劲。他本以为这株草的根茎不会超过五厘米深，可是都挖了七厘米，根还是没有露出来。小哥白尼一次又一次把铲子插进土里,在草周围挖出了一个坑。

坑越挖越深、越挖越大,潮湿的泥土在小哥白尼脚边越堆越高。扁柏树下微暗的坑中,前端略带绿色的苍白的茎弱不禁风地伸展着。十厘米,十一厘米,十二厘米……小哥白尼专心致志地挖着,但根就是迟迟不露出来。

超过十五厘米时,小哥白尼兴奋起来了——这株小草竟然是从如此深的地下破土而出的,小哥白尼不由得佩服起来。

挖到二十厘米深时,仍然没有到达根部。小哥白尼呆呆地盯着瘦弱苍白的茎。与其说那是开花的草,不如说与葱一模一

样。能够长到这么长,究竟要用多少天啊?肯定不止十天或十五天。在地面积雪尚存的时候,这株草肯定就已经知道春天将至,开始从地底出芽了。它在黑暗的土中一点一点、不休不眠地伸展,终于探出了地面。多么顽强啊!小哥白尼在心中喊道。一想到小草在没有人注意的地方默默付出了这么多努力,他就觉得胸口一紧。对他来说,这株外形奇特的小草已经非同一般了。

做得好,做得好!小哥白尼在心里对小草这样说,继续专心挖土。

根部终于露出来了。小哥白尼立刻认出这是黄水仙的球茎。为什么黄水仙的球茎会扎进那么深的地方?他不知道。但是,尽管被埋得那么深,这株水仙也没有死去,生命力让它隔着厚重的泥土感知到了太阳的光热,春天一临近便萌出嫩芽,不伸到明亮的地面上誓不罢休。

小哥白尼拿起这株奇妙的水仙端详。三十厘米的长度和它在地面上已经开花的伙伴们几乎相同,但没人能认出这是水仙,白色的茎怎么看都像葱,只有看到泛绿的顶端才能确认是水仙。小哥白尼把它拿到晒着太阳的伙伴身旁种下。他挖了个很深的坑,仍然把白色的部分藏在土下。

其他的黄水仙伸展着仿佛清洗过的鲜艳的绿叶,浓郁的黄色花朵已经开了一半。看到旁边这株刚刚种下、微微探头的水仙,小哥白尼忍不住分外怜惜,他仿佛透过泥土看到了藏在下面的苍白的茎。

我懂了！即使在那么深的地方，它也强迫自己必须钻出来，小哥白尼再次想。必须钻出地面的力量洋溢在仅仅三厘米长的绿意中，让这株小巧谦卑的草挺起了胸膛。

但是，抬眼一看，那些必须钻出来的东西也在枫树中、在八角金盘中、在吊钟花中——应该说如今正在一切草木中一齐生长。

小哥白尼忘了掸掉手上的泥土，在暖意融融的阳光下一动不动，情绪高涨。

那些必须钻出来的东西，也正在小哥白尼的身体中跃跃欲试。

当天晚上，小哥白尼在舅舅家的书房里和舅舅聊天。

真是个安静的夜晚，凉丝丝的空气从窗缝流入屋内，不知从哪里带来了丁香花的香气。

"……可是，舅舅，真的是希腊人首先制作了佛像吗？"

"是真的。英国和法国的学者经过多年苦心研究，已经确认了这点。"

"是吗？"小哥白尼一脸难以接受的表情。

那天小哥白尼去给舅舅送母亲做的萩饼，留下吃了晚饭后，到舅舅的书房聊天。话题从彼岸会转移到了佛像，两人聊起了佛像是什么时候由什么人制作的。舅舅说是在两千年前由希腊人制作的。这个答案太过意外，小哥白尼怎么也不相信。他所了解的希腊雕像无不风格秀丽，线条流畅，拥有端正俊美的脸庞和修长的四肢，让观者身心清爽。可说到印象中的佛像，无论是镰仓还是奈良的大佛，几乎都身材丰满，脸庞圆润，闭着厚重的眼皮，仿佛在深入思考着什么，虽说充满了无限的慈爱与威严，但是在小哥白尼眼里却显得莫名阴郁，带着些许高深莫测的悚然感，而且佛像的脸型和体形都毫无西方人的特点，比其他任何事物都更具备东方特征。然而，那样的佛像最初竟然是由创造出那些希腊雕像的希腊人制作的……

"舅舅，佛教起源于印度吧？"

"是啊，最早出现佛像的国家是印度，但是制作者并不是印度人，而是希腊人。"

"啊？"

"来，你看看这张照片。"舅舅打开一本厚厚的英文书，给小哥白尼看其中的插画。画中的若干佛像与希腊雕像并排而立。"怎么样，很像吧？"

原来是这样！一看就知道是佛像，但脸部很像西方人，衣服的皱褶也有与希腊雕像一模一样的部分。

"这些佛像有点奇怪啊。"小哥白尼说。

"哪里奇怪了？"

"觉得像西方人。"

"是吧？如果我说这些佛像是西方人制作的，你就不会觉得奇怪了吧？可是，它们与希腊雕像还是有区别的，首先耳垂都很长，模样也接近佛陀，都处于思考中。"

确实如此。图上的佛像介于希腊雕像与日本、中国佛像之间，和两者相比说像也像，说不像也不像。

"舅舅，这是什么佛像啊？"

"这是犍陀罗的佛像。"

"犍陀罗是什么？"

"是位于古印度西北地区的国家……"

随后，舅舅给小哥白尼讲了犍陀罗佛像的故事——

你应该知道，有个叫阿富汗的国家与印度西北地区相邻，有条河从阿富汗流入印度，汇入印度河。这条叫喀布尔的河进入印度后没多久，就流经一个叫白沙瓦的城市。在历史上，白沙瓦一带曾经被称为犍陀罗。①

犍陀罗的佛像

---

① 《你想活出怎样的人生》在日本初次出版的时间为1937年，现在喀布尔河流经巴基斯坦，白沙瓦亦在巴基斯坦境内。

从距今约一百年前开始，犍陀罗地区不断挖掘出与佛教相关的雕像。一八七〇年，英国学者雷特纳将犍陀罗出土的大量文物带回了英国，这一地区的美术品突然引起了世界各地学者的注意。随后，一尊尊佛像接连在这里重见天日。

佛教原本起源于印度。距今约两千五百年前，位于印度中部的迦毗罗卫国的王子释迦牟尼一心想拯救人类于苦恼之中。他经过漫长艰苦的修行，开始传播佛教，这你应该也知道。后来，佛教的影响逐渐扩大，尤其是释迦牟尼死后两百年左右，摩揭陀国著名的阿育王为佛教的发展倾尽力量，佛教由此传播到印度境外，一度达到鼎盛。但后来，佛教渐渐被印度教压倒，再加上伊斯兰教徒进入印度，佛教最终在其诞生的印度失势了。佛教徒留下的多种多样的美术品、建筑、纪念碑等或遭破坏，或被泥土掩埋，不知所踪。

桑奇佛塔上描述佛陀三大奇迹的浮雕 最上边的树代表释迦牟尼在菩提树下觉悟；中间的法轮代表释迦牟尼在鹿野苑说法；最下边的塔代表释迦牟尼涅槃。

从十八世纪中叶开始，印度成了英国的殖民地。为了长期治理印度，英国人认为有必要了解印度的历史。但印度实在是个不可思议的国家，保存下来的经书数量多得惊人，却几乎没有留下关于本国的历史记录，于是人们只能依靠古代的遗物来了解历史。大约一百年前，英国政府开始了大规模的考古探险和挖掘，从印度各地接连发现了昔日的遗迹、建筑、纪念碑、美术品、货币等。如今，印度的历史已经被熟知，佛教美术发展繁荣的过程也已被梳理清楚。犍陀罗的佛像就是在这一研究过程中被发现的，后来经过严谨的比较研究，被认定为最古老的佛像雕刻。

仔细研究这些佛像，会立刻注意到它们的脸和身体与西方人格外相似，雕刻技术上也有与希腊雕刻完全相同的地方，甚至还可以看到与希腊的神明阿波罗一模一样的面孔。倒也可以解释为这些佛像是印度人模仿希腊雕像制作而成的，但是有一点让人无论如何都难以认定它们出自印度人之手，那就是佛像的头发。在佛教中，一旦出家成为僧侣，就要剃光头，经文里也清楚地写着释迦牟尼本人剃了头。因此，如果制作犍陀罗佛像的是印度人，就不可能让佛像留着头发。

比犍陀罗的佛像年代更早的佛教雕像还有很多，但是其中的佛陀并未以人的形象出现。倒不是印度人不具备雕刻佛像的技艺，他们是故意这样做的。除了佛陀，所有的形象都被塑造得活灵活现，只有佛陀是用树木、车轮和塔等标记来表现的。桑奇佛塔是阿育王时代的著名建筑，遗址内有建于公元前一百五十年至前一百年之间的门，门上刻着佛陀的一生，不过如我刚才说的，只有形形色色的标记。因此，至少在释迦牟尼死后三四百年内，印度人都没有将释迦牟尼的姿态雕刻成像的习惯。某位学者曾说，或许印度人认为佛陀比人类尊贵，将其雕刻成像是一种亵渎行为。这样看来，制作犍陀罗佛像的人更不可能是印度人了。

不过，犍陀罗佛像的表情却和希腊雕像完全不同。希腊诸神表情明朗，犍陀罗的佛像却仿佛在思考，一脸静默，带给人们完全不同的感受。即使犍陀罗佛像的雕刻技术和外形与希腊雕像相似，但整体呈现出的却是印度的、佛教的氛围。

综合考虑这些方面，以下的看法似乎是最准确的："制作犍陀罗佛像的人，是长期呼吸东方空气、浸润在佛教氛围中的希腊人。"不过，那样的希腊人真的在犍陀罗地区生活过吗？

答案是肯定的。从印度西北部到阿富汗挖掘出许多古老的货币，都是一千八九百年前在这一地区繁盛一时的大夏国、大月氏国等国家的货币，雕刻的图案中除了印度的诸神和佛像，还有希腊诸神，而且在某种印度文字旁还刻了希腊文字。由此可见，这一地区当时居住着大量希腊人。

为什么那时有许多希腊人住在印度西北部呢？

那是亚历山大大帝东征的结果。亚历山大大帝于公元前三三四年率领希腊的同盟军渡过欧亚交界处的赫勒斯滂海峡，之后历经十余年，逐一征服了亚洲大陆的许多地区。那时，繁荣的波斯拥有广大的领土，西至毗邻地中海的叙利亚和埃及，东至印度河一带。亚历山大大帝的军队如暴风般征服了每一寸波斯领土，不仅攻陷了位于美索不达米亚的首都巴比伦，还从如今的阿富汗和中亚一直进军到印度河东岸，不断远征。

亚历山大大帝于公元前三二三年结束远征，回到巴比伦并定都于此。就在那年，三十二三岁、还很年轻的他怀抱着远大的理想不幸死去。

亚历山大大帝的理想是什么呢？

那就是在征服的广大土地上，建立起东西方文明相互融合的大帝国。他率先迎娶波斯公主为妻，鼓励部下与波斯女性结婚。另外，在远征途中的要塞，他建立希腊城镇，让希腊人定居。通过这样的方式，他希望波斯人能希腊化，希腊人也能波斯化，从而联结东西方文明。

亚历山大大帝为希腊文明传向东方并融入其中打下了重要的基础。他在短短十余年的活跃后便走完了一生，但此后希腊人接连不断地移居东方，东西方两种文明的交流持续了很久。

大夏国位于今天的阿富汗，这一地区当时住着许多希腊人。距今约两千年前，这些希腊人逐渐进入印度西北部，在传播希腊文明的同时也浸润在印度文明中，在掌握希腊雕刻技术的同时也呼吸佛教的空气。就这样，因为这些人，佛像诞生了。

"所以，小哥白尼，"舅舅在长长的一段话结束后说，"佛像不仅仅出自佛教思想，也不是仅凭希腊雕刻技术就能制造出来的，结合两者，才有了佛像。在那之前，虽然存在佛教信仰，却没有佛像。"

听了舅舅的说明，小哥白尼接受了希腊人率先制作佛像这一事实。无论怎么看都具有典型东方色彩的佛像，竟然是西方文明和东方文明共同孕育出的孩子，一想到这一点，小哥白尼还是难以抑制不可思议的感觉。

"舅舅，奈良的大佛也一样吗？"

"是的。虽然是日本人制作的，但技术是从中国学来的，而中国又是从印度学来的。如果追根溯源，可以一直上溯到犍陀罗的佛像，从而与希腊雕像联系起来。"

"是这样啊！"小哥白尼感慨道。

舅舅继续说道："始于犍陀罗的佛像正好赶上了佛教在亚洲传播的大势，普及到了亚洲各地，然后经过东南亚的爪哇和东北亚的中国与朝鲜，传到了日本。在这一过程中，佛像受到各个民族气质的影响，或是产生了不同的特色，或是出现了细微的变化，希腊卓越的雕刻技术融合了丰富多彩的形式，一直流传下来……"

舅舅说到这里稍一停顿，语气有些改变：

"佛像传到日本是在钦明天皇的时代，也就是皇纪一二一二年，距今大约有一千六百年了。那时交通不发达，往来于日本与中国、中国与印度之间，几乎等于拿性命去冒险。尤其是中国与印度之间横贯着中亚的大山脉与大沙漠，而且当时无法靠船舶往来，必须要越过这些天险。就连如今，从印度途经中亚前往中国，或是从中国前往印度，都绝非轻而易举的旅行，更何况是一两千年前！真不知道有多么困难。

"小哥白尼，想想交通困难的程度，再想想佛像传到日本的过程，是不是历经了千难万险呢？

"'学问和艺术没有国境'，你应该也听过这句话，事实正是如此。喜马拉雅山脉、兴都库什山脉、昆仑山脉等堪称亚洲大陆脊梁的险峻山脉，和塔克拉玛干那样的大沙漠，最终都没能妨碍卓越艺术的远行。千百年前，希腊文明越过这样的天险，横跨中国大陆，不远万里来到日本。这么一想——小哥白尼，真是不吃惊都不行啊！"

这确实是惊人的事实。小哥白尼不知道该如何表达心中的感动。

"而且，小哥白尼，这样的事实不仅限于佛像。在奈良正仓院的宝物中，至今仍然保存着许多从印度、波斯和阿富汗一带传来的美术品。奈良时代的日本人——我们的祖先虽然对世界历史和地理一无所知，却仍然无法独立于世界历史之外。

"从世界历史的角度看，虽然那时的日本还像个孩子，但日本人还是会感动于杰出作品的杰出之处，非常清楚其中的价值。即使是遥远异国的文物，也会发自内心敬佩其中的杰作，并取其精华，使日本文明不断进步。于是在人类进步的历史中，日本人也有了属于自己的发展……"

小哥白尼感到自己的眼睛更加有神了。

从希腊到东方的最东端，遥不可及的距离，两千年的时光流逝，生生死死的几十亿人……还有各个民族创造出的形态各异而美丽的文化！

这是多么壮丽宏大的视野啊！小哥白尼心潮澎湃，感到莫名的震撼。夜风吹来丁香花的香气，小哥白尼沉默片刻，凝视着桌上的台灯。

他白天在庭院里感受到的那股必须钻出来的力量，也在上千年的历史中发挥着不可估量的巨大作用。

第十章

春天的早晨

没有做梦，也没有发生任何事情，小哥白尼却突然从安静的睡眠中醒来了。房间里漆黑一片，或许是因为万物都还在睡觉，四周鸦雀无声。

小哥白尼在黑暗中睁开眼，静静地躺了一会儿。经过充足的睡眠，他心情沉静而满足。

现在几点了？

环顾四周，从防雨窗的缝隙洒进来的光亮渗进磨砂玻璃，显得朦朦胧胧。黎明正在到来。

小哥白尼起床后，为了不影响母亲休息，轻手轻脚地打开了窗户。外面雾霭浓重，潮湿的空气带着凉意掠过小哥白尼的脸，钻进了房间。

太阳还未升起。从二楼俯瞰，庭院里的树、邻居家的屋顶、远处的树丛、电线杆……所有东西都被雾霭包围着，在不知从哪里射过来的微光中，依然带着困意。

突然，不知从哪里传来了黄莺的叫声。小哥白尼竖起耳朵等待下一声鸣叫，过了一会儿，声音再次从远方传来。

黄莺不停地叫着，却不现身。小哥白尼只能在厚重的雾霭中倾听，声音断断续续，听起来格外愉悦。黄莺并不是为了唱给人听，而只是享受着自己的声音，愉悦地唱着。光听鸣叫声就能想到黄莺的姿态，它每叫一声，便用心倾听那渐行渐远的声音。小哥白尼靠在窗边，侧耳听了一会儿。

随后，小哥白尼坐到桌前，拿出新笔记本，奋笔疾书起来。

舅舅：

从今天开始，我也将在这个笔记本上写下感想。就像舅舅在笔记本上写下那些话，是想说给我听，我在写的时候也会想象在对舅舅说话。

舅舅的笔记本，我读了一遍又一遍，有一些艰深难懂的地方，但我并没有跳过去，而是坚持读下来了。

最打动我内心的是爸爸的话。我一定不会忘记，他最后的遗愿，是希望我成为一个高尚的人。

我开始觉得，自己必须成为一个真正的好人。正如舅舅所说，我是消费专家，没有生产任何东西。我和浦川不同，就算我想生产什么，现在也无能为力。但是，我可以做一个好人，这样世上就会多一个好人。只要能做到这一点，就肯定能为世界创造更多。

写到这里，小哥白尼停下了笔。雾霭深处传来远方省线电车驶过的声音，电车已经开始运营了。

小哥白尼看向窗外，远方的天空明亮了许多，东京的街道在天空下铺展开来。数百万人即将起床，开始一天的工作。浦川也一样——不，他一定早就起床了，这时候正站在热气腾腾的大锅旁，一刻不停地蒸豆腐。

小哥白尼眼前浮现出水谷家古色古香的洋房和胜子的身影，又想象起北见熟睡时的表情。拥有好朋友的幸福感在小哥白尼心中苏醒，他转向笔记本继续写道：

> 我认为，将来的世界所有人都会成为彼此的好朋友。人类既然能够发展至今，今后也必然能抵达那样的世界。我想为此做出贡献。

四周突然亮了起来，小哥白尼抬起头，窗户上已经洒满阳光。太阳冲破雾霭，开始向地面投下崭新的光芒。

小哥白尼决心带着这样的想法生活下去，而这漫长的故事也就此告一段落。

最后想问各位一个问题：

你想活出怎样的人生？

关于作品

一九三五年十月，新潮社出版了山本有三老师的《心中有太阳》，这是山本老师编纂的全十六卷《日本少年国民文库》中的第十二卷，也是该文库中最先问世的。虽然也有时间不固定的时候，但该文库基本每月出一卷，最终于一九三七年七月完结。《你想活出怎样的人生》是该文库发行的最后一卷。

说到一九三五年，距离一九三一年九一八事变——日本军部入侵中国大陆已经过去了四年。在日本国内，军国主义势力日益增强。就在《你想活出怎样的人生》出版，即《日本少年国民文库》出齐的一九三七年，七七事变发生，转眼间就拉开了八年战争的大幕。《日本少年国民文库》的出版和《你想活出怎样的人生》的写作就发生在那样的时代和局面中。在欧洲，墨索里尼和希特勒已经掌握政权，法西斯主义成为各国民众的威胁，第二次世界大战的危机像乌云一样笼罩在全世界上空。

《日本少年国民文库》的出版自然是基于对这一局势的思

考。当时，伴随着军国主义抬头，言论和出版自由遭到明显限制，工人运动和社会主义运动受到的激烈镇压堪称凶残。到了一九三五年，就连山本老师这样具有自由主义立场的作家也难以自由执笔，但他认为，可以寄希望于少男少女，尽可能保护他们免受残酷时局的恶劣影响。在他看来，少男少女是开创新时代的重要的人，从他们身上能看到希望，因此，必须想方设法传播自由丰富的文化，让他们跨越偏狭的国粹主义和反动思想，尽早树立有关人类进步的信念。在癫狂的法西斯主义横行之时，山本老师认为必须保护人文精神，并寄希望于下一代人身上。当时，在少男少女的读物中，墨索里尼和希特勒已经被赞为英雄。在军国主义盛行的背景下，山本老师着实见识过人。

基于此，山本老师想到为少年国民出版丛书，并找我商量。已去世的吉田甲子太郎当时也参与了。我们商量了多达五六十次，最终形成了全十六卷的《日本少年国民文库》，而《你想活出怎样的人生》侧重于伦理部分。最初的计划是由山本老师撰写这一卷，可到了实际执行阶段，老师不幸患了严重的眼疾，最终未能承担。于是在无人可托的情况下，我代笔写下了这一卷。

那时我正在学习哲学。说到文学，我从学生时代起就格外喜爱，但完全是个外行，实在没有资格代替山本老师完成工作。但是，这一计划是源自前文所述的动机，而《你想活出怎样的人生》又是十六卷中传递根本性思考的特殊一卷。我虽无法胜任，但作为策划者的一员，必须接受这一工作，代替老师将该文库出版的宗旨体现在该卷中。从一九三六年十一月开始，我一边承担文库主编的事务性工作，一边写作。一九三七年，写作中断了一段时间，于春天重启，同年五月完成。虽说是面向少年的伦理书，然而如果用说教的口吻来写，少年必然难以接受，因此我找到山本老师商量，想将思考以故事的形式展现出来。若是从一开始就当成文学作品来构思，那么或许又是另一番模样。

《你想活出怎样的人生》自一九三七年七月问世以来，有幸不断再版，太平洋战争开始后，一度无法印刷出版。战争结束，《日本少年国民文库》得以再度出版，这本书也重见天日，并在之后的二十多年里由新潮社出版至今。一九六二年，《日本少年国民文库》进行大规模修订，我应编辑部的要求将全文缩短了四十页，修改了汉字和假名。这次白杨社将我为少男少女撰写的文章结集成三卷，经新潮社允许后将《你想活出怎样的人生》收录在第一卷中，我也得以再次通读一遍，对遣词造句进行了修改。因此，本作在发表后经过了两次修改，至少在文风上已与初版不同。我自认为这样效果更好，但也并无把握。[1]

（摘自《青少版吉野源三郎全集1：你想活出怎样的人生》，白杨社版）

---

[1]《你想活出怎样的人生》在日本曾有过多个版本，分别为新潮社版（1937年）、未来社版（1954年）、白杨社版（1958年）、讲谈社版（1963年）、岩波书店版（1982年）等，本书是岩波书店版的全译本，而岩波书店版的底本为最初新潮社的版本。

*《日本少年国民文库》全十六卷

1. 《人类完成了何等伟业》（一），恒藤恭
2. 《人类完成了何等伟业》（二），石原纯
3. 《日本人完成了何等伟业》，西村真次
4. 《今后的日本，今后的世界》，下村宏
5. 《你想活出怎样的人生》，山本有三、吉野源三郎
6. 《人生指南》，水上泷太郎
7. 《日本的伟人》，菊池宽
8. 《为人类进步鞠躬尽瘁的人们》，山本有三
9. 《发明物语与科学手工》，广濑基
10. 《世界之谜》，石原纯
11. 《运动与冒险物语》，飞田穗洲、丰岛与志雄
12. 《心中有太阳》，山本有三
13. 《文章的故事》，里见弴
14. 《世界名作选》（一），山本有三 选
15. 《世界名作选》（二），山本有三 选
16. 《日本名作选》，山本有三 选

关于《你想活出怎样的人生》的回想
——献给吉野先生的在天之灵

丸山真男

前 言

吉野先生，这一年来，那天的情形总会在不经意间掠过我的脑海。从那天起，我再也无法和您交谈了。每次想到这里，我都会闭上眼睛，想方设法排解那份思绪。就在我离开日本的短短半个月时间，恶灵似乎瞄准了那个间隙来捉弄我，我一直害怕的那一天还是来了。《世界》编辑部委托我写一篇追悼文，但您的好友、知己、后辈已经各自发表了情真意切的悼词，我没有什么可补充的了。妻子从壁柜里找出一捆您写给我的信，时间从昭和[①]二十年代初期一直持续到去年四月。注视着信封上那雄浑的粗体楷书，我心中涌出的只有对您的感激。去年我们偶然在岩波书店的办公室里见过一面，我却没能抓住那次宝

---

①日本第 124 代天皇裕仁在位期间使用的年号，时间为 1926 年到 1989 年。

贵机会表达感激之情，一是因为我害怕突然一本正经地打招呼就像在预言离别之日已经不远，二是因为我每次欲言又止，您都会一脸期待，喘着气从认识论的问题谈到国际形势，那份气势与热情让我提心吊胆，最后只能说着"吉野先生，今天就谈到这里吧"，慌忙离开房间。在您注视着我而无法开口的遗像前，我才第一次能开口说出感谢。感谢您的深情厚谊，更感谢您在学问上对我的知遇之恩，而且算起来已经延续十年有余了。关于战后的回忆实在太多了，我仍然不知如何整理才好，因此我想从学问上的知遇之恩讲起。那时吉野先生还对我一无所知，而我早已彻底折服于伟大的哲学家吉野源三郎。您生前极度回避被人捧至人上或推至人前，如果您还在世，或许也会不好意思地回避这种方式的回想。但是吉野先生，这只不过是刻在一个您当时尚不认识的青年灵魂中的、有关您的思想的记忆，与您并不存在主体上的关联，所以还请允许我这么做。

说到单方面的相遇，您可能已经想到，是昭和十二年新潮社《日本少年国民文库》中的一卷——《你想活出怎样的人生》。关于从这本书中获得的感悟，鹤见俊辅先生在葬礼的悼词中也提到过。鹤见先生比我年轻七八岁，正属于该书或者说该文库的目标读者"少年国民"，虽然比小哥白尼年长，至少还属于青少年。而我被这部作品震撼的时候，已经到了为小哥白尼写下笔记的舅舅的年龄。在遇到这部作品的昭和十二年，我从大学毕业，成了法学院的助教，迈出了作为研究者的第一步。读了这本书后，我自以为完全成熟的灵魂受到了震撼，这不是因为我把自己等同于书中几乎同龄的舅舅，而是我把自己看成了在舅舅的引导下开眼观察人类与社会的小哥白尼。我不怕被人嘲笑精神上不成熟。当时的我固执地认为，无论从哪个角度看，我都是个早熟的青年，现在看来这种想法更显滑稽了。在这一点上深入叙述一番，或许能起到介绍这一划时代名著的作用，同时也能兼作对吉野先生的追悼，这就是我心中微小的希望。

1

正如书名所示，《你想活出怎样的人生》探讨的是人最有价值的生活方式，属于人生读本。即使从狭义的人生读本即个人的生活态度来看，我也从未认为本作讨论的话题与我毫不相干。但这绝不是一部仅仅探讨所谓人类伦理的作品。吉野先生极其自律，对他人关照有加——近来伪善之徒不断增加，他们完全相反，纵容自我，只知道苛责他人——这一点恐怕认识吉野先生的人都会赞同。吉野先生堪称道德高尚的人。这部成书于二十世纪三十年代后期、浓缩了吉野先生思想和人格的作品，探讨的不仅仅是人生应该怎样度过，还有"何谓社会科学范畴的认识"这一问题。在这一前提下探讨人类的道德，正是本作的独特之处。上文所述的起点极高的提问，是伴随着中学一年级学生小哥白尼的独立思考和个人经历展开的,这种卓越的笔力,让刚从大学毕业的我大吃一惊。

举个具体的例子,小哥白尼以半夜想到奶粉为契机,努力思考后将命名为"人类分子的关系:网络法则"的发现过程写信报告给了舅舅,这一段对于本作的读者来说想必不陌生。

小哥白尼从自己喝奶粉长大一事出发,一步步推进思考。从奶粉在澳大利亚制成到运来日本,再进入小哥白尼口中,究竟有多少从事不同工作的人参与其中?小哥白尼一路想来,最终发现眼前的电灯、时钟、桌子和榻榻米也与奶粉一样,背后是无数陌生人结成的关系网。

察觉到这点后,小哥白尼在数学课上出神地想到,老师的头发和胡子也与理发师密切相连,结果遭到了老师的警告。运用小小的头脑,小哥白尼积累了与尚且年少的自己相符的推论,最终总结出"法则",这一过程丝毫没有来自大人立场的投影,自始至终都极其自然,这一点让我十分佩服。而舅舅看了小哥白尼的信后,一方面鼓励小哥白尼,另一方面又补充了人类分子法则中的欠缺之处,一路引出对生产关系的说明。读到这里,我不由得深感赞叹。

这不正是《资本论》入门吗?那时,我已经具备了大学生应有的关于《资本论》的知识。上大学期间,我和经济学系及文学系的朋友一起开办了读书会,阅读罗莎·卢森堡的《资本积累论》和《再论资本积累》,不久又读到了希法亭的《金融资本》

（当然，是岩波文库和改造文库的译本）。无论是卢森堡还是希法亭，都受到了当时共产国际主流思想方方面面的批判，但我们认为我们的读书活动没有什么系统性，于是仍旧选择了那些文本。然而当时的日本已经处于国体明征运动和二二六事件的风暴中，自由的空气趋于稀薄，因此我们没有借用外面的集会室，而是轮流在各家维持着读书会活动。在本作问世前，我自认为已经有了《资本论》的常识，尽管如此，或许该说正因为如此，看到书中巧妙的笔法——以中学一年级学生绞尽脑汁的"发现"为出发点，继而推进到小哥白尼开始思考生产关系——我才会哑然失语。

共产国际主流思想对考茨基的《资本论解说》（原名《卡尔·马克思的经济学》）颇有微词，但在我看来，那却是一本优秀的入门书。然而这类《资本论》的入门书就算写得再好，也只是在不改变《资本论》的框架下，尽可能用平易近人的语言重新诠释，可以说是从《资本论》出发的演绎。《你想活出怎样的人生》却正好相反，从小哥白尼对身边常见事物的观察与经验出发，一步步让一个十四岁的少年明白，看似常见的事物是复杂的社会关系与其法则的具体表现，其实并不简单。一个商品中包含着全部生产关系，《资本论》的著名开篇讲的其实也是相同的东西，我自认为早已掌握。但是当我按照这种方法重新解读时，才恍然大悟：我之前的理解太肤浅了，是没有经过直接观察的纸上谈兵。

带着这样的眼光重读，会发现本书从第一章《奇妙的经历》开始便周密布局，论述从实际的观察出发、将种种事物关联起来探寻意义的方法。下雨那天，小哥白尼和舅舅站在银座的百货商场楼顶默默注视着眼前的风景：下方绵延不断的汽车像成群的甲虫一样来来往往，京桥一带高层建筑的阴影仿佛它们的巢穴，将它们吸进去又吐出来。"目之所及，无数小小的屋顶"茫茫铺展，潮湿的光景恍惚飘浮在昏暗的天空与雾气中，上述话题就从这个时候开始了。

巨大的东京仿佛冬天的大海，与屋檐下、车流中战战兢兢蠕动着的无数渺小的人形成对照，成了后来小哥白尼发现"人类分子的关系"的伏笔，不过，这一观察没有直接导向"网络法则"才是本作的出色之处。首先，在这一从楼顶发生的"大观察"中，作者精雕细琢地嵌入了种种"小观察"。宛如潮涨潮落，都市人白天从东京周边涌向中心，到了夜晚便立时退去，如此规律的波动可以用神秘来形容了。少年脚踩小小的自行车脚踏板，拼命在车流中左右穿梭，而小哥白尼则从楼顶追寻着少年的举止。一个被观察，一个观察，被观察者没有察觉，观察者却一清二楚。相较于楼下的少年，小哥白尼是观察者，然而他也正被眼前林立的无数高楼窗户里的目光注视，并且他很可能对此一无所知。这一视角转换，将对都市论这一属于社会科学范畴、已经明显成为今日研究对象的分析，与主客体关系这一认识论范畴的定义密切结合在一起，展现在读者面前。这次重读时我还想到一点,本作没有选择从百货商场楼顶眺望万里晴空下广阔东京的雄壮视野,而是选择了蒙蒙细雨中昏暗孤寂的光景,选择了"沉在冰冷湿气的底部,一动不动"的悲伤姿态,让其映在小哥白尼眼中。当时正值昭和十二年,就在本作出版的一个月前,七七事变发生,日本直接陷入了无底的泥沼,这难道不正暗示了吉野先生直面此事的姿态与展望吗?

社会科学范畴的认识是与主客体关系的视角转换相结合的。紧跟在《奇妙的经历》后的《舅舅的笔记:看待事物的方法》进一步明确了这句话的含义。说到社会的"结构""功能"和"法则性",人们往往只把它们视为客观认识的对象,而且假定客观性早就写在书籍和史料当中了。时至今日,这种想法仍被我们广泛接受。人们早就认识到,社会科学范畴的认识与文学范畴的表达,二者是割裂的(在同一个人身上倒是可以并存),这一想法也是基于上述假定。针对这种情况,本作中的舅舅举出了从地心说到日心说这一众所周知的例子。

这件事解释了小哥白尼昵称的由来,是本作贯穿始终的重要主题。尽管属于划时代的重大发现,日心说在本书中并没有被当成定论或者尘埃落定的往事,而是作为思考方式发生转换的象征,即从以自我为中心看待世界转换为在世界中定位自己。无论现在还是将来,这都将是不断重复也必须重复的、切实的"看待事物的方法"。正因如此,从"静子的家在我家对面，阿三的家在我家隔壁"的儿童视角转向了成年人的地图式视角，象征着每个人对社会的认识逐渐趋于成熟的过程。

如果这一转换只是提高了认识的准确率，使得看待问题更加客观，那么这一过程便与"我"这个主体无关。就算相关，充其量只是舍弃了孩童式的、以自己家为基准判断距离的方法，是一种随着认识对象而改变的被动行为。吉野先生的思考过程并非如此，他借舅舅之口表明，人们的观念转向日心说，并不是已经了结、理所当然的事实，而是我们每个人从现在起必须不断为之努力的、极其困难的课题。若非如此，为什么我们身处文明国度，却还是不免会认为，世界是围绕自己和自己身处的集团或国家而转的呢？所谓对世界的客观认识，归根结底取决于身为主体的我们，而且与我们的得失和责任有着密不可分的关系。由此，吉野先生借哥白尼的学说向我们提出了"想活出怎样的人生"这一问题。他给认识赋予了客观性的意义，进而又指出，文学或艺术与具有科学性的认识之间的区别，在于自我参与这些活动时采用了不同的方式，而不在于自我是否参与这些活动。这一如今看来仍显新颖的观点，竟然是以如此平易近人又具有说服力的例子表达出来的，可以说独一无二。

对于人类历史上重大发现的态度，已经体现在介绍日心说的篇幅中，而本作的另一个特色在于其丰富的想象力，即把科学上的思考过程转换为心理上的变化过程。在解释牛顿是怎样发现万有引力的过程中，这一点得到了明显体现。看到苹果落地，牛顿为什么会想到引力？就算只是个故事，也会让人觉得过于离奇。舅舅讲述了自己的经历：他的姐姐——小哥白尼的母亲，曾经试图用皮球和乒乓球"形象地"说明行星之间的关系，他却仍一头雾水。舅舅随后换了种说明方式——假设苹果是在牛顿眼前从三四米高的地方掉落的，如果高度不断增加会怎样？增加到十五米呢？还是会掉落。两百米呢？还是会掉落。然而一旦增加到几万米，一直到了月球上，苹果就不会掉下来了。只要重力还在起作用，那么无论多高不是都该掉下来吗？但是月球并没有掉落在地球上，这又是为什么？牛顿像这样一步步推理，最终发现地球上的重力法则和天体之间的引力法则性质相同，并着手证明。

看到苹果从眼前的树上掉落，灵光一现想到引力，那么思想的跳跃过于夸张，最终只能用牛顿是天才来解释。但是，换个方式讲故事，让想象一步步推进，从十米变为一百米，再变为一万米，天才的想法对于我们普通人来说也突然变得很亲切了。我恍然大悟：原来只需要这样说明就可以了！但虽然看似简单，想要做到其实很难。至少当时的我读到这里，感到耳目一新。

2

围绕看待事物的方法，我选取了第一次阅读时留下深刻印象的例子。想活出怎样的人生,这一表述很容易被认为是在探讨道德问题,所以我想从思考或认识方法层面,叙述本书教给我的更深刻的东西——就像一个研究者要公布他刚出炉的成果一般——不过在这部作品中,围绕豆腐店浦川的炸豆片事件、针对北见的擅自惩罚,以及同学们对这些事情的不同反应,人与人之间的伦理关系也明显占据了极大比重。从狭义的道德层面上看,讲的是中学一年级学生的行为,怎么看都与已经大学毕业的我无关,但事实绝非如此。读了书中的几个故事,我感同身受,回想起自己与小哥白尼他们年龄相仿时的事,中学时代的经历和书中主人公的故事重叠在一起。那些回忆并不愉快,也不值得骄傲。我生来就不喜欢写私事,但如果只从侧面一笔带过,就不能算是真诚的回忆,也无法对吉野先生表达真正的感谢。

拿高年级学生擅自惩罚北见一事举例,小哥白尼曾和浦川、水谷等人拉钩约定,如果北见被打,就要一起挨打。然而当事情真的发生时,他却感到害怕,畏畏缩缩,选择了旁观,后悔的念头让他最终卧病在床。辜负了朋友信任的小哥白尼追悔莫及,浦川向小哥白尼投去同情一瞥后离他远去,于是小哥白尼发烧请假长达半个月。舅舅以罕见的严厉措辞批评了小哥白尼,最后朋友们前来探望,小哥白尼的心情终于平静下来。吉野先生用了很长的篇幅来描写这件事,格外逼真动人,甚至让人猜测他有相似的经历,哪怕并非完全一致。

我确实有类似的经历，而且性质更加恶劣。那是我上中学时在习志野市军训期间发生的事。宿舍里发生了恶作剧，老师命令我们集合，让主谋站出来。我正是不折不扣的主谋，至少是主谋之一，但老师的样子让我感到可怕，我并没有站出来。结果其他并非主谋的学生被老师认定为主谋，遭到了严厉批评，很可怜。至少有十几个同学目睹了那件事，我在他们眼里想必是又狡猾又卑鄙。至今我都不怎么愿意参加中学同学聚会，不光因为这件事，更因为中学时代的自己留下的种种回忆，让我事后过了很久还对自己十分厌弃，简直到想要呕吐的程度。读到擅自惩罚北见的故事时，尽管我已经比当时"大"了很多，却仍然瑟缩不安。

但是，《你想活出怎样的人生》不光是要剥开往日灵魂上的伤口示人，更是用精神层面的辩证法来说明，人的尊严和心灵上的伤痕是一体两面的关系，给无依无靠、脆弱无常的自我以无尽的安慰与鼓励。第七章《舅舅的笔记》部分以"人的烦恼、过错与伟大"作为标题，开头引用了帕斯卡的名言，正是这一想法的浓缩。直视自己因懦弱而犯的错，忍耐由此带来的痛苦，便可以从中汲取新的自信。这也令我想到一些事。

在高等学校二年级即将结束时，我完全没想到竟然会被本富士警察局的人逮捕。《叶隐》中有关于"不觉之士"的说明，因突然面对意外之事而狼狈不堪即是"不觉"，那时的我正是如此。那时别说与青年共产党组织有什么关联了，我连马克思主义者都不是,却突然被警察抓到警察局录了指纹、拍了照,随身物品也被没收,关进拘留所。在连躺下都费劲的拥挤的拘留所里,有小偷、强盗、三次从少年管教所逃走的少年、开了空头支票的小公司经理,还有拒不招供、被警察喊作"大方宗太郎"的朝鲜人……各色人等混在一起。我被打上了思想犯的烙印,等待着未知的命运降临。我将会变成什么样?如果被父母知道了又会怎么样?在胡思乱想的第一天晚上,泪水划过了我的脸颊。最后什么也没有发生,我很快就被释放,回到了宿舍。但那个因"不觉"而落泪的自己是如此难堪,而且被抓到同一牢房的货真价实的思想犯同窗看在眼里,那份耻辱拖着长长的尾巴沉淀在我心底。然而那时的难堪和耻辱多多少少让我得到了锻炼,这也是不争的事实。昭和十九年被军队逮捕之前,我曾数次接受特别高等警察①讯问,也曾被宪兵队传唤,但都因为之前的拘留所经历而没有重演流泪的丑态。不想出丑的心理在后来的诸事中支撑着我的言行举止。不知不觉中,我有了与"不觉"截然相反的心理准备——战争期间我可能会遭遇各种意想不到的事。无论是多么软弱胆小的人,通过这种自我的知觉,都可能在道德层面获得哪怕些许成长。中学一年级学生小哥白尼和身为大学助教的我都学到了这一点,因此我才那么有共鸣。

与吉野先生相比,我的经历简直不值一提。在面对特别高

---

① 1911年至1945年间,在日本负责压制思想和取缔社会活动的警察。

等警察的讯问时，吉野先生"创作"了用来供述的故事，成功地阻止了警察对他的好友动手。这一经历（吉野先生当然不是那种会得意扬扬讲述那种经历的人）是我从古在（由重）先生那里听到的，让我感动不已（参考每日新闻社编《昭和思想史的证言》）。然而就连那么毅然决然的吉野先生，当他第一次作为陆军少尉被带上军事法庭时，都曾深深地烦恼过，不知道能在这场试炼中忍耐到何时。那时的内心活动或许投射到了小哥白尼身上，让小哥白尼奏响了精巧的变奏曲。

人类拥有决定自己言行的力量，因此会犯错，但也因此能从错误中重新站起来。能意识到事物的两面性是"人类分子"区别于其他物质分子的关键，确认这一点后，舅舅将道德问题再次带回到小哥白尼发现的网络法则——即社会科学范畴的认识问题上，成就了本作的立体结构。

3

杜威等人早就强调过，教育并非高高在上地就某一主题进行教诲，并找各种各样的事件作为例证，而是将身边随处可见的普通小事信手拈来，推动个人的思考。"二战"后，这种教育方式在日本也曾盛行一时，但究竟在家庭和学校中落实到了何种程度，我心中充满疑问。我们所说的知识、智育，不过是照搬了发达国家成熟的模式并加以"改良"的结果，正因如此才出现了众人皆知的填鸭式教育、死记硬背等奇怪的名词。长久以来，在这种固有观念的影响下，补习学校掀起臭名昭著的考试战争，并随着教育的平等化而愈演愈烈，绝非"二战"后的突发现象。反省一下强行灌输这种所谓知识——其实不过是碎片化的知识——并任其泛滥的现象，又注定会引起千篇一律的"过度偏重智育"的反对声。明治维新以来，人们以振兴道德教育为名，已经就这一问题的是非对错老调重弹过太多次了。被偏重的真的是智育吗？或许道德教育——就算排除意识形态上的内容——本身就是在将道德的方方面面强行灌输给人们，我们这些上过道德课的中年人对此深有体会。但这一问题从未被认真反省过。

有一些人莫名其妙地将道德教育置于智育的对立面，并过分鼓吹其必要性；还有的人则截然相反，他们常见于"进步的"阵营中，是科学主义乐天派，单纯地认为只要教人客观的科学法则和历史法则，就达到了道德教育的目的。我认为以上两种人都应该重新熟读一下《你想活出怎样的人生》。"二战"结束后，道德课被并入社会课，这一变化的意义早在战前就由这本书率先完美地诠释了。

对于当时二十多岁尚为青年的我来说，这本书屡屡让我有茅塞顿开的感觉，然而一些细节和角色多少有点不协调，例如水谷的姐姐胜子，那个梳着短发的资产阶级大小姐。作者对她的言行定位并不清晰，我也有种不知道这个傲慢的女孩在说什么的印象。在出版很久后，东童剧团在筑地小剧场将本作搬上了舞台。我是第一版的拥趸，又是筑地的常客，理所当然赶紧跑去看了。详情已经忘记，然而看到舞台上的胜子穿着当时极其前卫的喇叭裤，在小哥白尼等人面前神气十足地讲述拿破仑的伟大之处，坐在观众席上的我格外扫兴。那时，时局已经进一步恶化，不得不突出原作中的此类场面，但期待过高的我还是失望地回家了。

胜子这个角色让我突然联想到岛木健作的短篇小说《一个转机》中的女党员。主人公（恐怕是岛木自己）千辛万苦才筹到钱，疲惫不堪地来到碰头的咖啡厅，结果遭到了年轻的女党员趾高气扬的批评："就这点儿？你的阶级诚意可不够。"和女党员分开后，主人公发泄般自言自语道："算什么啊……难道这就是阶级斗争的道路上结不了果的花吗？"（我手边没有原作，引文并不准确。）我想起在东京大学消费生活合作社①也有一个女王般的知性美人，经常用这种语调对东大学生表达不屑。因此，像胜子姐姐这样进步的资产阶级女孩未必是吉野先生空想的产物，当然，她的格调比岛木小说里的女党员高多了。

（补记：这一段正如前文所述，是根据记忆写成的，并未

---

①指消费者共同提供资金，以购买生活物资为主要目的而组织起来的合作社。

参照原作。后来查阅了岩波文库编辑部带来的《岛木健作全集》第二卷（国书刊行会刊行）所收《一个转机》，发现大致情节虽然没记错，但原作是这样的：两人碰头的场面持续了四页，女党员（矢野）的话语分散其中。和我的引用最接近的表述是"你就弄来这么点儿吗……""能不能弄来钱，可事关阶级诚意……"。随后主人公高木走出咖啡厅，琢磨着矢野的语气，一边想："什么啊，这不就是运动中开出的应该唾弃的无果之花吗？"这一段内容无关紧要，与吉野先生的主题没有直接关系，但既然再次收录拙文，那就放上准确的原文。——丸山）

今天看来，《你想活出怎样的人生》还是有其历史局限性的。故事的主要舞台山手①的小石川一带的高级住宅区氛围，在"二战"后的今天已经无法得见。豆腐店的浦川当时住在被孤立的拥挤的小商店街，但时至今日，已经很难再切身体会到曾经俨然横贯在他与水谷、小哥白尼之间的阶级鸿沟。所谓阶级，不单单是收入或贫富差距的问题，体现在从生活方式到家庭的人际关系、教养和遣词用句等方方面面。与西欧和其他国家相比，明治维新以后，日本社会的阶级鸿沟并不深，但是到了"二战"前，正如本作自然而然表述出来的那样，即使是在东京市内，差别也已明晰可见。小哥白尼前往浦川家附近，第一次看到小商店街，还有浦川母亲和妹妹的举止，乃至放入口中的鲷鱼烧，

---

① 日本东京西部地势较高的地区，一度是富人住宅区的代名词。

都是初次体验，悉数令小哥白尼感到好奇。

同样住在山手一带，我小学同班同学中有三分之一都来自贫民街区。鲷鱼烧也好，豆腐店的内部环境也好，都不是什么罕见的东西。水谷自不用说，我甚至觉得小哥白尼的家境也相当好。更何况就像舅舅所说，在东京市内，比这群孩子中最贫穷的浦川更加穷困凄惨的阶级也是存在的，到了农村则更加触目惊心。在如今的日本，这种在日常见闻中感受到的贫富差距已经几乎消失在视野中。本书第四章的标题"贫穷的朋友"所象征的"贫穷"问题，是贯穿全书的重要主题之一，这一主题看起来或许显得陈腐。不，就连以生产关系为中心看待社会的思维方式，如今在不少学者看来都已经落后于时代了。

但是，本书抛开艰深的讨论，如实地反映了那个时代东京、日本与世界的模样。稍微发挥想象力与应用能力就不难看出，到了今天，书中所述的贫穷故事在世界范围内仍然鲜活地存在着。即使不谈第三世界国家，只关注日本，也仍然让人心生疑惑：贫穷是否真的被完全消除，已成了过去的故事？总之，《你想活出怎样的人生》的绝妙之处就在于，通过深刻地讲述那个时代，从认识层面和道德论层面引出超越那个时代的主题。反映时代的同时超越时代，这正是经典作品的特征。从这一点来看，将这本书视作少年读物中的经典之作并不为过。

最后请允许我对吉野先生的在天之灵敬上一言。面对这部作品，面对您凝聚在这部作品中的思想，某些不懂装懂之徒张口就是"天真的人道主义"和"陈腐的理想主义"，您就让他们说去吧！无论处于何种环境，无论处于哪个时代，《你想活出怎样的人生》都是一个永远不变的发问，而"虽然说不清，但是……"之类的话是无法成为回答的。至少我和书中的舅舅一样，都坚信比起那些顶多持续十几年且仅存于世界一角的风潮，将人类数千年的经验作为参照标准，才是我们通往可靠认识与行动的途径。是的，哪怕为了避免陷入"不觉"，我们也要如此坚信。

一九八一年六月二十五日

追记

正如前言中提到的，拙文与其他几位的悼词一起，刊登在《世界》杂志一九八一年八月号的追悼特辑中，共同悼念于当年五月二十三日去世的吉野先生。我当时正好在中国旅行，未能参加葬礼，于是接受了约稿，但又觉得这并不是一篇需要在葬礼上念出的悼词，因此写下初次阅读《你想活出怎样的人生》时的感想予以替代。这次恰逢岩波文库原封不动重新刊行《你想活出怎样的人生》的第一版内容，编辑部提出想收录拙文作为本文库版的解说。拙文原本是因上述缘由而写，最初并非出于解说目的，体裁上未必合适，但是在《世界》上发表时，我曾经附上追记，表示在对比阅读了当时的版本和一九三七年的第一版后，希望能看到《你想活出怎样的人生》作为少年读物的经典之作，在不删减的情况下按第一版内容出版。在引用原文时，我也使用了第一版。这次岩波文库能够将第一版的内容原封不动地收录在文库版中，提前实现了我的愿望，让我颇感意外，因此尽管有前文所述的难处，我还是答应了编辑部的要求。

原著正如吉野先生在《关于作品》中所述，是山本有三编纂的《日本少年国民文库》全十六卷中最后问世的一卷，于一九三七年八月出版。后来，在内容和篇幅上进行过两次变更。第一次是一九五六年新潮社重新编辑《日本少年国民文库》的时候，在编辑部的请求下，吉野先生减少了多达四十页的内容，对文章进行了多处修改，并重新订正了汉字和假名。除了缩短篇幅时必要的技术性修正外，由于"二战"后生活环境发生了巨大变化，吉野先生也在措辞和比喻上进行了适应现代风格的调整，汉字和假名也为了让"二战"后的读者读起来更加容易而进行了修改。到了一九六七年，白杨社出版了全三卷的《青少版吉野源三郎全集》，其中第一卷收录了《你想活出怎样的人生》，吉野先生又在新潮社版本的基础上再次进行了改动。

经过两次变更后，被岩波文库选作底本的一九三七年版究竟被删去了哪些地方，又被改写了哪些地方，逐一指出实在繁杂，也没有必要。吉野先生在白杨社版的《关于作品》中写道："至少在文风上已与初版不同。我自认为这样效果更好，但也并无把握。"既然我已经在刊登于《世界》上的追记中表示强烈希望重印第一版，哪怕只为了展示这一希望的根据，我也有责任按照大致分类来介绍"二战"后版本的变更情况。

第一类正如前文所述，订正了假名和汉字。然而本文库版也采用了新的假名，汉字的注音也都已整理，此处不再特别举例。

第二类是遣词的浅显化。例如"一望无垠"改为"无边无际"，"不冲突"改为"相容"，"礼仪"改为"礼节"，"无法实现"改为"不能实现"，"幕僚"改为"部下"等。另外，"勇敢的朋友"改为"勇敢的小伙伴"等书面语用法的变更也归入这类。

第三类是修改或删除因"二战"后社会生活环境变化导致不合时宜或已废止的用词，此类用词数量极多。例如"班长"改为"委员长"，"女佣"改为"帮佣"，"小伙计"改为"店员"，"火车"改为"列车"，"士兵"改为"军人"，"省线电车"改为"国电"，"在学校的道德课上"改为"在学校"，"戏院"改为"电影院"等等。"四年级学生""五年级学生"的说法被删去，此外，如"小石川"改为"文京区"、"钱"改为"圆"等地名和货币单位的修改自然也属于这一类。

第四类是文章整体较大篇幅的调整。不少学者和艺术家在"二战"后都发生了思想上的变化，不愿意将"二战"前的意识形态用语留在作品中，于是亲自修改或由批评家具体指出。但是本书中没有出现一处此类的大面积重写，不愧为吉野源三郎先生。唯一涉及数个段落的大幅度修改，是北见和水谷在小哥白尼家相聚，小哥白尼模仿棒球转播的场面（文库本第六十一页到第六十九页）。第一版是以早稻田大学和庆应义塾大学的比赛为原型，但"二战"后的版本换成了南海队和巨人队，小哥白尼饰演的播音员的播报内容和球员姓名也全部改变。而且依据"二战"后体育转播的习惯，小哥白尼还尝试让北见和水谷以棒球评论员的身份登场（虽然最终二人没能承担起这项任务）。庆应大学的胜利变成了南海队的胜利，但身为巨人队（第一版为早稻田队）球迷的北见扑向播音员小哥白尼的场景大同小异。

我一边对比一边阅读，读到这一场面时不禁莞尔。当然，与其他的修改相同，吉野先生在追求对"二战"前版本的"现代化"，可他却连球员名字的变更都格外用心，早庆两校的歌声对决，变成了巨人队球迷北见和支持南海队球员木塚的水谷之间的对话。这绝不仅仅是技术性修改。从作品主线来看，这些片段是次要的，吉野先生却明显改写得乐在其中。吉野先生喜爱棒球，热衷于分析比赛战术，对于他来说，这是理所当然、深有所感的修改。

第五类不同——这是最大的变更——是整体篇幅明显缩短。正如前文所述，这是基于编辑部的要求。但我爱惜这些被删减的内容，于是在给《世界》写文章时，才在追记中表示希望出版无删节版。一处处比较实在太过冗长，我只在这里根据文库本的页码列出删除或变更较多的地方，但也已经达到了这么多：

a. 第十六页最后一行到第十八页第四行删除。

b. 第五十七页第二行"请你不断……"到同页第十二行删除。

c. 第七十一页全部删除。

d. 第九十六页第三行到第九十八页第二行即第三章结尾，全部删除。（在白杨社的版本中，这一部分被移到了第四章《生而为人》的最后十三行，并进行了简化。）

e. 第一百二十二页倒数第三行"看到小哥白尼……"到第一百二十七页第三行。（在白杨社的版本中，这一大段被删除的内容简化后放在了原来的位置。）

f. 第一百二十七页《舅舅的笔记》中第三行"平时在……"到第一百二十八页第一行"听你讲述时"删除。第三行"都没有表现出丝毫高人一等的样子……"之后到同页倒数第二行"我真的为此感到高兴"的内容被省略，以"都没有表现出丝毫高人一等的样子"作为该段结尾。

g. 第一百四十六页第一行到第七行删除。

h.第一百六十五页第十四行"有人在学校的汇报演出上……"到第一百六十六页第九行"绝对没错"之间的十二行，和同页第十五行"他们犯下这么大的错……"到第一百六十七页第四行"……也会受不了"删除。

i.第一百九十六页第七行"但是……"到第一百九十七页最后一行"然而"之前删除。

j.第二百一十六页第八行"小哥白尼后悔不已……"到第二百一十七页第七行删除，并对这一重要情节的描写进行了多处简化。

k.第二百二十三页第二行"最重要的是……"到第二百二十五页第三行删除。

l.第二百二十七页第二行"听到母亲……"到同页第十一行删除。

m.第二百七十二页第六行"无论是'认识你自己'……"到第二百七十三页空行之前以及第二百七十四页第一行"小哥白尼家的……"到第二百七十五页第八行删除。

此外还有许多微小的删除和字句变更，但正如我反复提及的，网罗式的列举并不是本文的主旨。如果从故事主线的进程来看，删除的部分是无关紧要的。为了在删除后让文章的起承转合更加顺畅，吉野先生也修改了若干字句。尽管如此，我仍然固执地期待着出版无删节版，因为我害怕删减会让这部作品的文学性和统一性遭受损失。以上文没有列举的开头的一处小改动为例，在"二战"后的版本中，文库本第十二页第五行的"东京沉在冰冷湿气的底部，一动不动"就被删除了。吉野先生或许是对这样的描写感到不好意思吧，但这一段以此句作结，确实巧妙地概括了从百货商场楼顶眺望到的风景。此外，文中通过对浦川家和小哥白尼家，尤其是水谷家的描写来暗示生活环境的迥异，在"二战"后的版本中也大幅简化。但是例如小哥白尼拜访经营豆腐店的浦川家的一节："看到小哥白尼满意地看着发动机轰轰转动，浦川的母亲——那个胖胖的老板娘两手叉腰，双肘朝外，非常感动。我家孩子和这个小伙子真是不一样啊！她肯定是这么想的。"（文库本第一百二十二页到第一百二十三页）老板娘的形象生动地浮现在读者眼前，能让读者感受到家境不同带来的沉重。如果这样的地方被省略了，阶级的问题将不得不被抽象化。意识层面的"一亿人中产阶级化"越是在现代的日本亢进，就越应该留下这样的片段，培养少年读者的历史想象力。现代化也是因事而论的。"没有爱校之心的学生进入社会，必然会成为没有爱国之心的国民，没有爱国之心的人算不上合格的国民，因此没有爱校之心的学生正是'非国民'的雏形，我们必须对这种非国民的雏形加以惩罚。"（文库本第一百六十六页，在"二战"后的版本中被删除。）很幸运的是，"非国民"一词在"二战"后几近废除，但是社团高年级学生说的话未必不适合现代的少年读者。吉野先生坚持使用在一九三七年流传极其广泛的"非国民"一词,试图与时代思潮抗争。现在我们已经不再使用这个词了,但吉野先生的勇气和思考的逻辑依旧应该被传承至今。这本为少年国民而写的经典读物已经作为教材被教师使用,对他们来说,如何让少年读者真正理解文字背后的东西才更重要。与此相比,不管是解释货币单位的变化,还是"女佣"这一特定历史背景下的称呼,都显得不值一提了。

一九八二年十月十四日

图书在版编目(CIP)数据

你想活出怎样的人生 / (日)吉野源三郎著；(日)胁田和绘；史诗译． -- 海口：南海出版公司，2019.8
ISBN 978-7-5442-8002-0

Ⅰ.①你… Ⅱ.①吉… ②胁… ③史… Ⅲ.①长篇小说-日本-现代 Ⅳ.①I313.45

中国版本图书馆CIP数据核字(2019)第135218号

你想活出怎样的人生
〔日〕吉野源三郎 著
〔日〕胁田和 绘
史诗 译

出　　版	南海出版公司　(0898)66568511
	海口市海秀中路51号星华大厦五楼　邮编 570206
发　　行	新经典发行有限公司
	电话(010)68423599　邮箱 editor@readinglife.com
经　　销	新华书店
责任编辑	张　锐
特邀编辑	崔　健　王心谨
营销编辑	柳艳娇　范雅迪　王蓓蓓
装帧设计	李照祥
内文制作	王春雪
印　　刷	河北鹏润印刷有限公司
开　　本	850毫米×1168毫米　1/32
印　　张	8.5
字　　数	162千
版　　次	2019年8月第1版
印　　次	2024年4月第27次印刷
书　　号	ISBN 978-7-5442-8002-0
定　　价	49.50元

版权所有，侵权必究
如有印装质量问题，请发邮件至 zhiliang@readinglife.com

著作权合同登记号　图字：30-2019-059

KIMITACHI WA DOU IKIRUKA
by Genzaburo Yoshino
Text copyright © 1937, 1982 by Gentaro Yoshino
Illustration copyright © Kazu Wakita
"*Kimitachi wa dou ikiruka* o meguru kaiso" copyright © 1981, 2011
by Tokyo Woman's Christian University
Originally published in 1982 by Iwanami Shoten, Publishers, Tokyo.
This simplified Chinese edition published 2019
by ThinKingdom Media Group Ltd., Beijing
by arrangement with the proprietor c/o Iwanami Shoten, Publishers, Tokyo